PONTS ET CHAUSSÉES

DÉPARTEMENT DU PAS-DE-CALAIS

AVANT-PROJET

D'UN

CHEMIN DE FER

A TRACTION ANIMALE

D'ARRAS A ÉTAPLES OU VERTON

AVEC EMBRANCHEMENTS SUR BÉTHUNE ET SUR FRÉVENT

DRESSÉ

PAR ORDRE DE M. LE COMTE DE TANLAY

PRÉFET DU PAS-DE-CALAIS

EN CONFORMITÉ DES DÉLIBÉRATIONS DU CONSEIL GÉNÉRAL DU DÉPARTEMENT
ET DES VOTES DES PRINCIPALES COMMUNES INTÉRESSÉES.

MÉMOIRE A L'APPUI

ARRAS

TYPOGRAPHIE D'ALPHONSE BRISSY, RUE DES CAPUCINS, 22.

1859

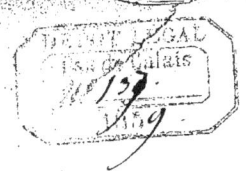

PONTS ET CHAUSSÉES.

DÉPARTEMENT DU PAS-DE-CALAIS.

AVANT-PROJET

D'UN

CHEMIN DE FER

A TRACTION ANIMALE

D'ARRAS A ÉTAPLES OU VERTON

AVEC EMBRANCHEMENTS

SUR BÉTHUNE ET SUR FRÉVENT

MÉMOIRE A L'APPUI

ARRAS

TYPOGRAPHIE D'ALPHONSE BRISSY, RUE DES CAPUCINS, 22.

1859

Ⓒ

AVANT-PROJET

D'UN

CHEMIN DE FER A TRACTION ANIMALE

D'ARRAS A ÉTAPLES OU VERTON

Avec Embranchements sur Béthune et sur Frévent.

PREMIÈRE PARTIE.

MOTIFS DE LA RÉDACTION DE L'AVANT-PROJET ET CIRCONSTANCES QUI L'ONT PROVOQUÉE.

La vallée de la Canche avec ses affluents forme la majeure partie du département du Pas-de-Calais. Elle a toujours attiré vivement l'attention ; Vauban voulait y faire une voie navigable pour communiquer du Boulonnais, par la Scarpe, avec les Flandres. Cette idée a été reprise en 1811, et sérieusement examinée ; mais elle l'a surtout été en 1837, époque à laquelle les ingénieurs du département, sous la direction de M. Drappier, aujourd'hui Inspecteur général des ponts et chaussées, ont fait un projet complet de canal d'Arras à Boulogne. La dépense en était estimée à 17,389,000 francs. Vallée de la Canche. Canal.

Vers la même époque, M. Vallée faisait les premières études du chemin de fer du Nord et nivelait un tracé d'Arras à Boulogne. La perspective d'un chemin de fer a fait perdre de vue la construction du canal. Mais les populations plus massées et plus commerçantes du Nord et de la Somme y ont attiré les chemins de fer, et la vallée de la Chemin de fer du Nord.

Canche s'est trouvée déçue de toutes les promesses qui semblaient lui avoir été faites.

En 1854, les espérances d'embranchements nouveaux se réveillèrent dans le Pas-de-Calais et les populations de la vallée de la Canche s'émurent. Cent soixante-huit communes ayant une population de 69,400 habitants, ont adressé, en commun, une pétition au Préfet du Pas-de-Calais ; elle était couverte de 7,662 signatures. L'objet de la demande était de participer enfin au bienfait des communications économiques, d'avoir un embranchement au chemin de fer du Nord. M. le Préfet du Pas-de-Calais a bien voulu prendre sur cet objet l'avis du soussigné. C'était l'occasion d'examiner quel genre de communication il était convenable de proposer. Les considérations énoncées par le soussigné ayant été le germe du projet actuel et pouvant être de quelque poids dans son appréciation industrielle, le soussigné croit devoir les rappeler sommairement.

« L'industrie, comme la nature, a ses lois; il y aurait danger à les » méconnaître; on ne recueillerait que de fâcheuses leçons.

» La loi des transports ne se manifeste nulle part mieux que sur » mer; là, en effet, la voie est ouverte dans toutes les directions et » sur toutes les échelles ; elle admet des véhicules de toute grandeur et » de toute puissance. Or, voici comment ils se distribuent sans exception aucune : aux très-petits trajets, les barques; au cabotage, » de petits bateaux; entre les centres populeux, des bateaux à vapeur; » entre les continents, d'autres bateaux plus puissants, des colosses.

» Ce serait une fausse spéculation que de substituer les uns aux » autres; et si les forts véhicules donnent de l'économie dans les grands » trajets, ils seraient en perte dans les petits.

» La même chose a lieu sur terre avec une complication de plus, c'est » que la voie et le véhicule y doivent être faits l'un pour l'autre; qu'ils » se divisent par catégories distinctes et exclusives, routes, canaux, » chemins de fer, et que toute fausse spéculation en est d'autant plus » dangereuse.

» On a vu les chemins de fer et leurs locomotives prendre des pro- » portions de plus en plus colossales ; le rail pèse aujourd'hui le double » de ce qu'il pesait dans l'origine, et la locomotive est quatre fois plus

» puissante. Lorsque, sur une ligne productive, elle remorque son
» énorme train, elle est aux autres véhicules des voies de terre ce que
» les bâtiments transatlantiques sont aux bâtiments de cabotage ; et,
» comme eux, elle ne peut fonctionner avec avantage qu'à condition
» d'avoir de grands transports à effectuer, de desservir de grands
» centres et de faire de grands trajets.

» Le chemin de fer lui-même, avec ses établissements, son outillage
» et son matériel, est un immense appareil auquel il faut une grande
» tâche à remplir. Or, dans le Nord, quels sont les grands centres in-
» dustriels?

» Amiens, Abbeville, Boulogne, Calais, Saint-Omer, Dunkerque,
» Armentières, Lille, Roubaix, Tourcoing, Douai, Valenciennes,
» Anzin et annexes, Béthune et ses houillères, Cambrai et Arras.

» Tous ces points, hormis Béthune, sont reliés. Béthune a un canal.

» Il ne reste plus un centre important à rattacher au réseau. Où sera
» l'aliment d'un chemin de fer ? »

Suit l'avis développé que la Compagnie du Nord n'a pas d'intérêt à
faire une ligne transversale dans son réseau et qu'aucune autre Compagnie ne pourrait l'entreprendre.

Le soussigné continue :

« Au surplus, les localités se font illusion en attachant grand prix à
» un chemin de fer à grande vitesse. Il ne remplirait pas leur attente.
» Ce que nous avons dit le prouve suffisamment. Ce chemin ne pouvant
» être fait par la Compagnie du Nord, ses trains à leurs deux extré-
» mités ne pourront correspondre avec ceux du Nord; s'ils corres-
» pondent au départ, ils ne correspondront plus à l'arrivée, et le voya-
» geur perdra dans les salles d'attente le temps que lui aura économisé
» une réduction de parcours.

» L'exploitation ayant lieu à grande vitesse, les stations ne pourront
» être très-rapprochées. Nous avons vu qu'elles sont à huit kilomètres
» sur le chemin de fer du Nord; beaucoup de petites localités échap-
» pent. Pour tous les petits trajets, le chemin de fer est pour elles
» comme s'il n'existait pas.

» L'emploi de la vapeur exige de fortes machines. La vapeur n'est
» économique qu'à cette condition. Les fortes machines exigent de

Inconvénients de la locomotive.

Stations distantes.

Trains rares.

» grands trains; les grands trains ne s'emplissent hors des grands
» centres de population qu'à condition d'être rares. Nouvel inconvé-
» nient et des plus graves pour de petits trajets. Ainsi, au chemin de
» fer du Nord, les stations secondaires n'ont que deux trains par vingt-
» quatre heures dans chaque sens, et la ville de Saint-Omer, qui est
» cependant fort importante, n'en a que quatre.

Prix élevé.
» Les chemins en projet ne diminueraient point le prix actuel des
» voyages. Ne pouvant faire de réduction sur leurs tarifs, faute de res-
» sources, ils percevraient au moins, pour la troisième classe, six cen-
» times par kilomètre et par voyageur, sans compter les frais acces-
» soires. Veut-on savoir ce que font payer aujourd'hui les omnibus
» d'Aire à Saint-Omer? Quatre centimes. Le tarif du chemin de fer du
» Nord est, selon les classes, de $0^f,06$, $0^f,085$ et $0^f,11$. On paye dans les
» diligences d'Arras à Saint-Omer, par Béthune, et d'Arras à Hesdin,
» de $0^f,012$ à $0^f,103$, selon les places. Les chemins de fer feront payer
» pour les marchandises, selon leur nature, $0^f,10$, $0^f,14$, $0^f,16$, $0^f,18$,
» $0^f,36$, $0^f,50$ par tonne et par kilomètre. Tel est le tarif du Nord: à quoi
» il faut ajouter l'enregistrement, le timbre et le camionnage, dépenses
» qui, pour de petits trajets, doubleront les prix du tarif. Que paye-t-on
» par le roulage? $0^f,20$. Que paye-t-on par les canaux? de $0^f,05$ à $0^f,06$.

» Le chemin de fer ne produirait donc aucune amélioration sensible
» à l'état actuel. La raison en est, comme nous l'avons dit, qu'il ne
» trouverait pas d'éléments suffisants de prospérité. Il y a, répétons-le,
» pour les transports comme pour toute autre industrie, des lois natu-
» relles auxquelles on ne peut se soustraire. On ne fera jamais avec
» économie un service d'omnibus à la vapeur. Il faut proportionner la
» puissance des moyens à l'importance du but que l'on se propose,
» sous peine de rendre mauvaise une opération qui eût pu être fort
» bonne d'ailleurs.

» S'en suit-il que le centre du département doive être à jamais déshé-
» rité de communications économiques? Je ne le pense pas; je crois
» même qu'elles pourraient être d'une création immédiate; je m'explique:

Routes.
Traction.
» L'état de la route influe puissamment sur l'effort qu'exige le véhi-
» cule; le général Morin a fait à ce sujet des expériences très-com-
» plètes.

» Sur un accotement recouvert de 0^m 03 à 0^m 04 de gravier non
» frayé, la traction est du...................... 9^c de la charge.

» Sur le même accotement en bon état, du..... 26^c —

» Sur un empierrement peu fréquenté, du..... 17^c —

» Sur un très-bon empierrement, du.......... 43^c —

» Sur le pavé de Paris en très-bon état, du..... 45^c —

.» Sur un pavé en parfait état du.............. 64e —

» On sait que sur un bon chemin de fer, il est du 240e, ce qui fait
» le cinquième de ce qu'il est sur un bon pavé, et le dixième de ce
» qu'il est sur une route médiocre. Concluons de là que, sur rails,
» des chevaux traîneraient de six à dix fois autant que sur les routes.

» Or, le transport par le roulage coûtant environ $0^f,20$ par tonne et par
» kilomètre, le transport sur les rails, par chevaux, pourrait coûter
» de $0^f,02$ à $0^f,04$. C'est moins que la seule dépense du péage sur le
» canal d'Aire à La Bassée, et moins que le fret sur les canaux du
» Nord, qui est de $0^f,05$ à $0^f,06$.

» On dira à cela que le roulage ne paie pas la route et que nul ne
» serait disposé à construire des chemins de fer pour les livrer gratui-
» tement à un roulage spécial. Cela est vrai. Des rails tels qu'ils con-
» viennent pour ce roulage spécial coûteraient, pose comprise, de 20
» à 30,000 fr. par kilomètre ; ils exigeraient donc, par kilomètre, une
» recette de 2 à 3,000 fr.

» On admettra bien que, sur un chemin de fer réduisant des huit
» dixièmes au moins la traction, les transports ne seraient pas
« moindres que sur nos routes impériales les mieux partagées. Or, ils
» y sont de 130,000 tonnes par an ; pour en tirer 3,000 fr., il faut
» taxer le tonneau à $0^f,023$ l'un, ce qui fait revenir le transport, route
» payée à $0^f,043$ ou $0^f,063$ par tonne et par kilomètre.

» Mais il n'est pas douteux que, sur des lignes bien choisies, le trans-
» port ne fût beaucoup plus considérable qu'il n'est en moyenne sur nos
» routes. Le fret sur ces chemins de fer serait encore comparable à
» celui des canaux.

» Ces chemins offrent donc le moyen de fertiliser des contrées jus-
» qu'ici délaissées par les capitaux ; d'y appeler la houille et les indus-
» tries qu'elle alimente, et d'y doubler la valeur du sol.

[marginalia:]
Chemins de fer.
Traction.

Traction
par chevaux.
Prix.

Frais
d'établissement.

Péage.

Avantages des
chemins de fer à
traction animale.

» Ils ont, sur les canaux et les autres chemins de fer, une supério
» rité marquée, en ce qu'ils peuvent être dirigés par tous les centres de
» population intermédiaires et passer au cœur même des villes.

Conditions d'établissement.

» Ici se présente une autre objection, la plus grave de toutes. Pour
» faire un tel chemin avec une telle économie, il faut donc le placer
» sur les routes et jusques dans les rues ? Sans nul doute. L'exemple
» en est donné, et la force des choses le fera passer en usage. Mais,
» dira-t-on encore, pour que la traction soit réduite à ce point, il faut
» que ces chemins n'aient pas de pentes ou du moins qu'ils n'aient que
» des pentes faibles. Comment alors les mettre sur nos routes et dans
» nos rues ? Par certains redressements partiels, et c'est là l'étude vrai-
» ment utile à faire.

Intérêt du département.

» Mais qui fera ces redressements partiels ? Sera-ce l'État ? Non,
» probablement, quoique ce fût chose très-désirable. Sera-ce la Com-
» pagnie concessionnaire du chemin de fer ? Cela n'est pas vraisem-
» blable. La dépense en serait trop forte. Qui donc ? Je crois que ce
» doit être le département. Si les fabriques se multiplient, si des ar-
» rondissements s'enrichissent, si des valeurs foncières y augmentent
» dans une forte proportion, le département y gagne. Le département
» a l'intelligence de ses besoins ; il ne manque pas de ressources et il
» consacre avec une grande sagesse, chaque année, des sommes im-
» portantes au perfectionnement de ses voies de communication. Un
» chemin de fer de second ordre, tel que celui que nous venons de
» définir, serait aux chemins de premier ordre ce que les routes dé-
» partementales sont aux routes impériales. On fait, sur le chemin
» de fer du Nord de dix à quinze lieues à l'heure, on en ferait de deux
» à quatre sur le chemin départemental. Le chemin du Nord a des
» stations espacées à huit kilomètres, le chemin départemental en au-
» rait une dans chaque commune. Le tarif du chemin du Nord serait
» celui du chemin départemental, et la Compagnie concessionnaire
» aurait, comme celle du Nord, grand intérêt à la réduire pour aller
» à charge pleine. Ainsi, au Cours-la-Reine, on monte en omnibus
» pour $0^f,10$, et les deux chevaux ont souvent soixante voyageurs à
» conduire.

Répartition de la

» La dépense d'ailleurs ne serait pas bien forte. Le département

» pourrait donner le chemin préparé. La Compagnie y poserait la voie.   *dépense.*
» Le chemin, étant plus étroit, coûterait moins qu'une route départe-
» mentale ordinaire. Les clôtures seraient inutiles et les fossés seraient
» souvent supprimés. Je dois ajouter que j'ai acquis la certitude que
» des capitalistes sérieux s'attacheraient dans le Pas-de-Calais, à l'en-
» treprise immédiate d'un réseau départemental dans les conditions
» qui viennent d'être posées. Le chemin du Nord, d'ailleurs, ne pour-   *Intérêt*
» rait voir qu'avec une très-vive satisfaction l'établissement d'un réseau   *du chemin de fer du Nord.*
» qui alimenterait et compléterait ses lignes sans leur faire une rui-
» neuse concurrence.

    » Fait à Arras, le 3 août 1854.

       » *L'Ingénieur en chef du département,*

         » Signé : E.-N. DAVAINE. »

    La proposition de créer un réseau départemental, en ne demandant   *Délibération du Conseil général du département.*
aux compagnies que la pose des rails et l'exploitation, était praticable ;
elle vient d'être adoptée avec quelques modifications dans le Bas-Rhin ;
elle ne fut point adoptée par le Conseil général du Pas-de-Calais et
il préféra promettre un secours pécuniaire aux compagnies. Nous pro-
duisons ci-après l'extrait de sa délibération, en écartant ce qui est
étranger au sujet qui nous occupe. L'opinion du Conseil général du
département ne peut manquer d'attirer vivement l'attention des personnes que ce travail intéresse.

    « Un membre, chargé d'exposer l'opinion de la neuvième commission   *Deux chemins en présence.*
» sur l'établissement de deux nouvelles lignes de fer allant l'une d'Arras
» à Étaples, et l'autre d'Arras à Saint-Omer, s'exprime en ces termes :
    » La neuvième commission a été saisie du dossier relatif aux de-
» mandes formées sur divers points du département, pour obtenir la
» création de nouvelles lignes de chemins de fer.
    » La première de ces demandes, dans l'ordre chronologique, émane
» du Conseil municipal de Saint-Pol. Elle avait pour objet de solliciter
» l'étude d'un chemin de fer dirigé d'Arras à Étaples par Montreuil,
» Hesdin et Saint-Pol, avec embranchement sur Béthune (22 novembre
» 1853).
    » A peu près dans le même temps (29 novembre 1853) la Chambre

» de commerce d'Arras sollicitait l'exécution d'une autre ligne, dirigée
» d'Arras à Saint-Omer, par Lens, Béthune et Lillers.

» Se groupent autour du projet d'Étaples à Arras les adhésions sui-
» vantes :

» 1° Délibération de la Chambre de commerce de Boulogne (16 jan-
» vier 1854), réclamant la priorité pour cette ligne, et demandant le
» prolongement, vers Douai, de l'embranchement de Béthune.

» 2° Vœux des Conseils municipaux d'Étaples, Hesdin, Montreuil,
» Saint-Pol.

» 3° Vœux des Conseils d'arrondissement de Boulogne, Montreuil,
» Saint-Pol.

« Sollicitant le chemin d'Arras vers Saint-Omer, etc. »

« La commission, avant de se livrer à cet examen, a prié Messieurs
» Davaine, Ingénieur en chef du département, et Sens, Ingénieur de
» l'arrondissement minéralogique d'Arras, de vouloir bien l'éclairer de
» leurs connaissances spéciales.

» Elle a également entendu M. le Président du Conseil général, qui
» a demandé à exposer, au nom de l'arrondissement de Boulogne, les
» considérations qui militent en faveur de la ligne d'Étaples.

» Cette ligne est destinée à desservir des villes et des communes
» privées aujourd'hui de voies navigables et de tous moyens de trans-
» port rapide : elle reliera au chef-lieu du département trois sous-pré-
» fectures, présentera, sous ce rapport, des avantages administratifs
» d'une haute valeur, rapprochera Boulogne d'Arras, lui ouvrira des
» communications plus rapides avec la Belgique, et réalisera, autant
» que le permettent les progrès récents des voies publiques, la pensée
» qui avait autrefois déterminé le Conseil général à ordonner l'étude
» d'un canal d'Arras à Boulogne; son embranchement vers les houil-
» lères amènerait le charbon dans des vallées industrieuses, et leur
» fournirait de nouveaux moyens d'étendre leurs productions.......

» Les renseignements recueillis par la commission sur l'importance
» des exploitations houillères, et sur les développements dont elles sont
» susceptibles, ont conduit aux résultats suivants :

» Dans un intervalle de cinq ans, on peut compter sur la mise en
» exploitation de seize avaleresses, produisant en totalité 64,000 hec-

» tolitrès, soit 5,333 tonneaux par jour, et 1,946,545 tonneaux, soit
» 2,000,000 de tonneaux par an.

» La valeur de ces 2,000,000 de tonneaux transportés aux divers
» centres de production et de consommation principaux, ne peut être
» estimée à moins de 25 fr. par tonne, soit, par année, 50,000,000 de
» francs. Telle est, indépendamment des industries nouvelles qui s'im-
» plantent chaque jour sur le sol, la valeur des masses considérables
» de produits, dont le chemin projeté est appelé à faciliter le trans-
» port.....

» L'examen des conditions relatives à l'établissement et à l'exploita-
» tion des chemins de fer avec traction par chevaux, a conduit à cette
» conclusion qu'on pouvait les considérer comme susceptibles de ré-
» duire au sixième, sur des terrains convenablement choisis et sensi-
» blement horizontaux, les efforts et les dépenses nécessaires au trans-
» port sur les routes ordinaires. Ils constituent donc, relativement à
» ces communications, un progrès d'une portée incontestable.

Chemins de fer à traction par chevaux.

» La Commission, prenant en considération ces diverses circons-
» tances, ainsi que les votes précédents du Conseil général, voulant
» d'ailleurs encourager dans la mesure de ses ressources, la création
» des chemins proposés par M. l'Ingénieur en chef dans les lieux les
» plus convenables à leur application, et donner, par une allocation
» spéciale, une consécration effective à l'expression de ses vœux, pro-
» pose au Conseil général de solliciter de l'État :

Proposition de la commission.

» ..... 3° L'exécution du chemin d'Arras à Étaples, avec embran-
» chement sur les mines ;
» 4° L'adoption des mesures propres à favoriser la formation de
» compagnies ;
» 5° Et spécialement la garantie d'un minimum d'intérêt calculé à
» raison de 4 pour cent sur une dépense de 190,000 fr. par kilomètre
» pour l'un et l'autre des chemins.

» De plus, elle propose au Conseil général d'accorder, pendant vingt
» ans, aux compagnies qui exécuteront un chemin de fer, soit dans
» l'une, soit dans l'autre des directions ci-dessus indiquées, une sub-
» vention calculée à raison de 1,000 fr. par kilomètre de chemin exé-
» cuté sur rail en fer avec traction par chevaux ou par locomotives,

» pourvu que les pentes n'excèdent pas un centième, et jusqu'à con-
» currence de 50,000 fr. pour chacune des deux lignes.

» La Commission a reçu aussi, depuis l'ouverture du Conseil, deux
» demandes de lignes nouvelles. L'une, du Conseil municipal de Fré-
» vent, propose de diriger par Frévent, la ligne d'Étaples à Arras ;
» l'autre.....

» Sur le premier projet, la Commission pense qu'il y a lieu de pré-
» férer la direction de Saint-Pol qui dessert un plus grand nombre de
» localités et plus de population..... »

Une discussion s'engage sur le mérite relatif des diverses lignes en
projet, savoir : la ligne aujourd'hui en cours d'exécution d'Arras à
Hazebrouck ; celle de Boulogne à Saint-Omer ou de Boulogne à Douai
par Anvin ; et celle d'Arras à Étaples avec embranchement sur Béthune.

Pour abréger, nous ne reproduisons que les observations relatives au
chemin qui nous occupe.

« M. le Président reprend et développe ces observations. Il déclare
» que la ville de Boulogne a un intérêt moins direct à la ligne d'Arras
» à Étaples qu'à celle de Boulogne à Saint-Omer, qui l'intéresse par-

Appui de Boulogne
à la ligne
d'Arras à Étaples.

» ticulièrement et qui sera faite tôt ou tard ; qu'en donnant son appui
» à la ligne d'Arras à Étaples, Boulogne a été mue principalement par
» un sentiment de justice envers les arrondissements de Montreuil,
» Saint-Pol et une partie de celui d'Arras, qui sont dépourvus de dé-
» bouchés, et n'ont ni ces canaux, ni ces chemins de fer dont le reste
» du département est doté ; qu'à ses yeux l'intérêt départemental doit
» dominer ici, et qu'il appelle en première ligne la construction d'un
» chemin de fer d'Arras à Étaples comme devant remplacer le canal
» projeté entre ces deux points.

» Il déclare qu'en proposant de desservir le bassin houiller de Bé-
» thune par un embranchement d'Anvin à Douai, les auteurs du projet
» d'Arras à Étaples avaient pensé que c'était la direction qui convenait
» le mieux aux intérêts des houillères, mais que du moment où elles
» croyaient qu'une autre direction était plus utile à ces mêmes intérêts,
» loin de s'y opposer, ils étaient prêts à accepter celle qui paraîtrait
» la meilleure aux parties intéressées.....

» On discute ultérieurement la partie des conclusions de la com-

» mission relative à l'établissement sur ces deux lignes du système de
» chemin de fer avec chevaux proposé par M. l'Ingénieur en chef.

» Un membre en explique les avantages pratiques, au point de vue
» agricole comme sous le rapport industriel, et il en résulte, selon lui,
» le bénéfice d'une force double de traction, d'une vitesse beaucoup
» plus grande avec faculté d'arrêt à volonté, et l'occasion, peut-être,
» d'un nouveau développement à donner à la race chevaline, d'un sou-
» lagement à procurer à nos routes.

» Les diverses conclusions de la Commission, successivement mises   *Vote du Conseil.*
» aux voix par M. le Président, sont adoptées. »

Ces importantes déterminations n'eurent pas de conséquences immé-
diates.

Vers la même époque, la maladie de la vigne développait, outre   *Développement*
mesure, dans le Nord et dans le Pas-de-Calais, l'exploitation industrielle   *de l'industrie.*
de la betterave ; la découverte de riches minerais de fer dans le Boulonnais et la mise en exploitation des houillères de Béthune occasion-
naient un roulage toujours croissant que révélait avec la dernière
évidence la fatigue extrême des routes.

En effet, les récensements officiels de la circulation faits en 1857 ont at-   *Récensement*
testé que, depuis cinq ans, elle s'était accrue, en moyenne, de 45 p. %,   *de la circulation.*
sur les routes impériales, et de 43 p. %, sur les routes départementales.

Il y avait urgence ou d'augmenter considérablement le fonds de l'en-   *Transformation*
tretien, ou de transformer les chaussées en cailloutis, en chaussées pa-   *des routes.*
vées, ou d'alléger leur fardeau en déversant leur fréquentation sur des
voies nouvelles.

L'idée d'appliquer à des voies de fer la traction animale, n'avait
point paru répondre aux désirs des habitants ; le soussigné crut utile de
donner de nouveaux éclaircissements sur les services que rendent les
divers systèmes de voies de communication ; et, en s'expliquant sur
l'état et les besoins des routes départementales, il fit, en 1857, à M. le
Préfet, les observations suivantes :

« Le réseau des routes départementales a un rôle important, et, pour   *Routes*
» mieux le faire ressortir, nous allons le comparer au plus puissant de   *départementales*
» tous : à celui des chemins de fer ; le sujet est grave et nous croyons   *comparées au*
» ne pas faire une vaine digression.   *chemin de fer du*
Nord.

» La longueur totale des routes départementales est de 464 kilomètres
» environ; celle des chemins de fer exécutés dans le département n'est
» encore que de 149 kilomètres , et , après l'achèvement des chemins
» promis , il ne sera que de 244 kilomètres.

« L'exécution des routes départementales coûterait aujourd'hui, selon
» l'appréciation récente de MM. les ingénieurs , en considérant le ter-
» rain des traverses comme pris en rase campagne , une somme de
» 7,125,000 fr., soit en moyenne 15,365 fr. par kilomètre ; les 149
» kilomètres de chemins de fer ont coûté, à raison de 280,000 fr. par
» kilomètre en moyenne , 41,720,000 fr.

» Le nombre des localités que desservent directement les routes dé-
» partementales est considérable , il s'y trouve 106 traverses , villes ,
» bourgs ou villages; celui des stations des chemins de fer est , au con-
» traire, assez restreint , il n'est que de 17.

» Les services rendus par les routes départementales pour le trans-
» port des piétons ou des animaux non attelés, ne peuvent être appré-
» ciés par nous faute d'observations. Nous n'avons d'indications que
» sur le nombre des colliers qui y passent journellement , il est en
» moyenne en hiver de 234 , ce qui suppose un parcours total annuel
» de 39,630,240 kilomètres par un collier, et, en évaluant le transport
» d'un collier, à un kilomètre, à 0^f,15 , une valeur totale de 5,944,530
» francs en transports. Les recettes afférentes aux transports opérés
» dans le département par le réseau du Nord ont été , en 1856 , de
» 5,760,200 fr. Les dépenses correspondantes sur le chemin du Nord
» ont été , tout compris, hormis l'intérêt des capitaux de premier éta-
» blissement , de 3,320,160 f.; la différence est de 2,440,040 f.; elle
» porte à un peu plus de 5 p. % l'intérêt du capital employé.

» Tout en faisant observer que la recette totale du chemin de fer dans
» le Pas-de-Calais est équilibrée par la seule valeur des transports opé-
» rés par voitures sur les routes départementales , nous ferons remar-
» quer qu'il suffit, pour retrouver l'intérêt à 5 p. % de ce qu'elles ont
» coûté , soit 356,250 f., d'imposer le kilomètre parcouru par un col-
» lier d'un peu moins d'un centime ; quant aux frais d'entretien des
» routes départementales, qui ont été en totalité de 270,000 f. environ,
» ils ne donnent par kilomètre et par collier, qu'un peu moins de 0^f,007,

» ce qui ne porte guère qu'à un centime et demi par tonne et par kilo-
» mètre la charge totale du département, capitaux et entretien, dans
» le service des routes départementales, les piétons exonérés.

» Ce chiffre minime montre à combien bon marché les contribuables
» obtiennent du département la jouissance des routes départementales,
» c'est le dixième environ de ce que leur coûte le voiturage.

» Le prix qu'ont payé en moyenne, sur le chemin de fer du Nord,
» en 1856, les voyageurs, a été, par kilomètre, de $0^f,0643$. Celui des
» marchandises a été, par tonne, de $7^f,0717$. Ces prix sont évidem-
» ment moindres que ceux que l'on paie communément sur les routes
» départementales, mais de très-peu seulement pour les voyageurs et
» de beaucoup plus pour les marchandises.

» Passant des prix concrets à leurs éléments, on y trouve des résul-
» tats du plus haut intérêt.

» Un train a rapporté en moyenne, en 1856, par kilomètre. . $3^f,98$

Il a coûté :

» Administration centrale.	$0^f,122$
» Exploitation.	$0^f,684$
» Traction et entretien.	$1^f,091$
» Voies et bâtiments	$0^f,495$
» Total.	$2^f,389$ $2^f,39$
» Différence. . . .	$3^f,59$

Conclusion.

» Représentant l'intérêt des capitaux engagés au taux de 7 1/2
» pour 0/0 seulement, d'où ressort ce fait saillant que sur les routes
» départementales le service de la traction est très-cher, et celui du
» capital engagé et de l'entretien très-peu coûteux, tandis que sur le
» chemin du Nord, au contraire, le service des transports et de l'en-
» tretien est très-peu coûteux, et celui des capitaux nécessaires exor-
» bitant.

» Quel peut être le but de ce parallèle? Est-ce de condamner l'une
» des deux voies au profit de l'autre? Nullement.

» Chacun sait qu'elles se suppléent et s'entraident, et qu'elles ne
» peuvent se substituer entièrement l'une à l'autre; mais on a pour
» but de montrer la valeur relative des services rendus et de faire res-

Importance
du nouveau bassin
houiller.

» sortir la fécondité des capitaux affectés aux routes départementales.

» Ces réflexions ne sont pas purement spéculatives; elles sont com-
» mandées par un fait bien digne de frapper vivement l'attention des
» mandataires du département : c'est la mise en exploitation d'un bas-
» sin houiller, qui défie dans un rayon très-étendu, tant par l'abon-
» dance que par la qualité et le bon marché de ses produits, ceux de
» toutes les houillères anciennes. L'extraction actuelle est déjà dans le
» Pas-de-Calais de plus de 15,000 hectolitres par jour, représentant
» annuellement la valeur de 6,000,000 de francs; elle pourrait être
» doublée l'an prochain si les communications se créaient aussi vite
» que ces exploitations ne s'installent, et, pour prévoir le degré de pros-
» périté auquel nous verrons dans peu s'élever la partie septentrionale
» du département, il faut se représenter les établissements colossaux
» et les immenses richesses des environs de Valenciennes, Mons, Char-
» leroi, Namur, Liége.

» Quand Desandrouins a créé, il y a moins d'un siècle, les mines
» d'Anzin, il n'en ignorait pas le prix; mais lui seul peut-être savait
» alors qu'il préparait, dès la deuxième et troisième génération, de
» quoi vivre à une centaine de milliers d'habitants, et nul n'est venu
» à son aide.

» Les faits accomplis nous instruisent et rendraient, dans des cir-
» constances identiques, la même apathie criminelle.

» Il est élémentaire que la houille réclame des transports, et nul ne
» sera surpris d'apprendre l'insuffisance des routes actuelles et leur
» complète destruction à proximité des charbonnages.

Modifications
à faire aux routes.

» Les modifications qu'il faut leur faire subir sont un sujet grave,
» car il faut réussir. La faible part attribuée au département ou au
» Trésor dans la dépense du parcours des routes leur fait une obliga-
» tion de ne pas la refuser, et, d'un autre côté, s'il est essentiel de
» ne pas rester en retard, le peu de ressources disponibles fait une loi
» de ne pas anticiper.

» Nous avons eu égard à cette double circonstance jusqu'ici. Les
» demandes que nous avions faites précédemment en vue des transports
» à venir n'ont pas toutes été accueillies. Le commerce a eu beaucoup
» à souffrir. Nous demandons aujourd'hui que les parties reconnues

» trop faibles soient convenablement reconstruites. Quant aux routes
» voisines des fosses en construction, mais non encore exploitées,
» nous nous bornons à faire connaître la nécessité d'augmenter à l'ave-
» nir leurs fonds d'entretien ; enfin nous demandons que le réseau dé-
» partemental soit complété sur un point.

» Là se bornent nos propositions positives, mais non pas l'exposé
» des considérations que la situation commande.

» Le réseau du chemin de fer du Nord, tel qu'il est aujourd'hui
» constitué, est formé des lignes les plus productives. Cependant nous
» avons vu que, dans le Pas-de-Calais, il ne rapporte guère que
» 5 pour 0/0 des capitaux qui y ont été employés.

» La conséquence inévitable en est que ce réseau ne prendra plus
» une grande extension chez nous, et qu'il serait chimérique d'espérer
» que les bassins de Béthune et de Marquise desservis, nous vissions
» bientôt surgir des lignes nouvelles dans le même système.

» D'autre part, nous avons vu aussi que pour obtenir un succès
» complet en réalisant les conditions les plus favorables, il fallait allier
» les transports faciles des chemins de fer à l'établissement économique
» des routes ordinaires.

» Chacun sait que la traction sur les voies ferrées de niveau est à
» peu près dix fois moindre que sur les routes empierrées, c'est-à-dire
» qu'un cheval y traîne dix fois davantage. Si nous estimons à $0^f,15$
» par kilomètre le parcours d'un cheval, et que nous imaginions qu'il
» aille en moyenne à demi-charge, nous trouverons que le transport
» d'une tonne à un kilomètre pourrait coûter environ $0^f,03$, et y ajoutant
» $0^f,015$ pour le service de la voie et l'intérêt, nous trouvons une dé-
» pense totale de $0^f,045$ considérablement moindre que celle des routes
» ordinaires et comparable presque à celle des voies navigables; n'est-il
» pas à désirer que les voies de fer se propagent, et que les wagons,
» retenus jusqu'ici dans les gares, puissent, sans transbordement, at-
» teindre les principaux centres de production et de consommation ?
» Mais, dira-t-on, existe-t-il des chemins à bon marché, et n'est-ce pas
» une confusion absurde de supposer le transport opéré sur un chemin
» de fer et d'estimer que ce chemin, au lieu de coûter 340,000 fr. le
» kilomètre comme celui du Nord, ne coûterait que 15,000 fr. comme les

2

» routes départementales? Je répondrai que, pour rendre les résultats
» saillants, j'ai pris, en effet, des limites; mais il n'est pas besoin de
» s'en écarter beaucoup pour rentrer dans le champ du possible, et y
» trouver une abondante moisson de faits utiles. Dès aujourd'hui, une
» compagnie se présente pour faire un chemin de ce genre, de Lille à
» La Bassée. Il sera placé sur la route impériale qui est presque dé-
» pourvue de pente, et ne coûtera guère qu'une trentaine de mille francs
» par kilomètre. 30,000 fr. ne sont pas, il est vrai, 15,000 fr., mais
» pour ramener les frais d'établissement par kilomètre de parcours au
» taux de notre estimation, il suffit d'admettre que la circulation est
» doublée, et nul doute que la circulation actuelle n'augmente dans une
» bien plus forte proportion.

» Une nouvelle objection se présente non moins sérieuse que la pre-
» mière; la voici : Où trouver dans le département des routes aussi
» peu accidentées que celle de La Bassée à Lille?

» La réponse est facile ;

» Je désire qu'elle ne paraisse pas moins sérieuse que l'objection.

» Ces routes n'existent pas en général, mais on peut les faire à peu
» de frais dans les directions les plus utiles.

» Que le département les étudie, qu'il se charge de fournir les ter-
» rains, de faire les ouvrages d'art et les terrassements, à condition de
» ne pas dépasser en moyenne 15,000 fr. par kilomètre, prix des routes
» départementales, et il pourra desservir immédiatement la ville de Ba-
» paume, par exemple, qui se chargerait du surplus de la dépense. Ce che-
» min serait susceptible de se prolonger sur Péronne, la nature s'y prête.

» Béthune pourrait fort aisément trouver un débouché sur St-Pol où
» l'on rencontrerait un chemin de même nature allant d'Arras à Étaples.

» Il ne serait pas difficile d'y rattacher Frévent, et ce nouveau réseau
» porterait la houille, la vie industrielle et le progrès au centre et au midi
» du département, comme nous le voyons avec tant d'éclat dans la
» partie nord.

» Si nous proposons le chemin d'Achiet à Bapaume à titre de début,
» c'est qu'il se recommande comme de nature à sauver une ville inté-
» ressante d'une décadence imminente et susceptible d'être réalisé sans
» grande dépense et dans un très-court délai. »

Des considérations analogues furent produites à propos des routes impériales.

« La fréquentation, disait-on, n'est pas le seul élément de la dépense
» dans l'entretien des routes; la nature des matériaux dont on dispose
» n'a pas moins d'importance. Ainsi, près de Boulogne et de Béthune,
» où le roulage est considérable et où les matériaux sont de mauvaise
» qualité, les dépenses sont excessives. On doit déplorer qu'elles soient
» en même temps inefficaces et que les routes soient détestables, surtout
» en hiver. S'il est vrai, comme on ne peut le contester, que, sur les
» routes fatiguées, l'entretien d'une chaussée pavée soit beaucoup moins
» coûteux que celui d'une chaussée au cailloutis, et que le roulage y
» soit en tout temps de 40 à 50 p. $_0$/° plus économique, il devient lo-
» gique d'y substituer le pavage au cailloutis. Prenons pour exemple
» la route impériale n° 41, près de Béthune ; il y passe en moyenne
» 660 colliers par 24 heures, soit pour le public par kilomètre une dé-
» pense quotidienne de 110 fr. et annuelle de 40,000 fr. ; sur un pavé,
» pour obtenir la même somme de transports, le public n'aurait eu à
» payer que 26,666 fr. 68 c., économisant 13,333 fr. 33 c. L'adminis-
» tration économiserait, de son côté, sur l'entretien, environ 600 fr., ce
» qui ferait une économie totale approchant fort de 14,000 fr. Cette
» somme au denier 20 représente un capital de 280,000 fr.; or, les frais
» de construction d'une chaussée en pavé n'y seraient que de 42,000 fr.,
» il y aurait donc pour le public plus de 600 p. $_0$/° à gagner à ce que le
» cailloutis fût remplacé par un pavé. Veut-on contester les bases de
» notre évaluation? Qu'on les modifie ; il restera toujours une balance
» décisive en faveur du pavé. Nous n'avons pas pensé qu'une considé-
» ration aussi saillante dût être laissée à l'écart, et nous la recomman-
» dons au Conseil général du département. Elle montre combien est
» encore vaste le champ des améliorations sur nos routes ordinaires.
» Elle nous servira d'introduction vers un ordre d'idées non moins
» dignes d'être mises immédiatement en pratique; puisse un patronage
» chaleureux d'hommes éclairés faciliter son entrée dans le monde
» administratif ! »

« Si, du pavé au cailloutis, la traction varie dans le rapport de 1 à
» 1,50, du chemin de fer au pavé elle varie dans le rapport de 1 à 7 au

Substitution du pavé au cailloutis.

Substitution du rail au cailloutis.

» moins en terrain horizontal ; les 660 colliers dont nous parlions tout
» à l'heure auraient donc pu être remplacés, sur un chemin de fer, par
» une dépense annuelle approximative de 4,000 fr. environ, laissant,
» par rapport au cailloutis, une économie de 36,000 fr. qui, au denier
» 20, donne un capital de 720,000 fr. Telle est la prime offerte au
» public en faveur de la transformation d'une route en cailloutis fré-
» quentée, en chemin de fer d'une fréquentation égale, ou plutôt en
» faveur de l'application du chemin américain sur une route ordinaire,
» car on ne peut soustraire aux propriétés riveraines l'usage de la
» route ordinaire. Ici encore nous autoriserons les contradicteurs à
» contester les chiffres et à les modifier comme leur opinion l'exigera,
» il restera toujours une marge énorme en faveur du chemin améri-
» cain ; or, combien coûterait-il ? Voici la réponse : 30,000 fr. pour la
» voie en supposant la route impériale rectifiée ; à quoi il faut ajouter
» les frais de rectification; ceux-ci ne seront jamais de plus de 30,000 fr.
» soit donc en tout 60,000 fr. valant aussitôt après leur emploi douze
» fois autant, c'est-à-dire 720,000 fr. comme nous l'avons dit ci-
» dessus. Nous apprécions mal les services des chemins américains en
» prenant pour base la fréquentation actuelle. On les ferait dans la di-
» rection la plus favorable au développement du trafic et la circulation
» en recevrait un très-grand accroissement.

Etudes à faire.

» Nous avons dit ailleurs qu'une compagnie se présente pour établir
» un chemin américain entre Lille et La Bassée, la route impériale
» n° 41 étant suffisamment plane dans le Nord ; les accidents des
» routes du Pas-de-Calais empêchent seuls cette compagnie et d'autres
» encore d'apporter chez nous leur vivifiante industrie. Le gouverne-
» ment ferait chose éminemment utile en rectifiant, en vue de ce genre
» de perfectionnement, la route n° 16, qui donnerait la houille et le
» bien-être aux villes de Doullens, Frévent et Saint-Pol, et la route
» n° 39 qui les répandrait dans toute la longueur du département
» et ne laisserait aux vallées de la Ternoise et de la Canche plus rien
» à envier à la florissante vallée de la Scarpe. Si nos convictions pou-
» vaient se communiquer, l'étude d'un aussi important travail ne serait
» pas un seul instant différée. »

Propositions

Cédant à ces considérations, Monsieur le Préfet du Pas-de-Calais, pour ne pas reléguer dans le vague des aperçus et des vœux stériles une idée féconde exprimée maintes fois dans l'enceinte du Conseil général du département, lui a fait, en 1857, les propositions suivantes :

» 1° De faire étudier par l'Ingénieur en chef du département un » projet d'établissement de chemin de fer à traction par chevaux » d'Arras à Étaples.

» 2° D'imputer sur le crédit des dépenses imprévues de 1857 une » somme de 2,500 fr. pour ce travail.

» 3° De centraliser les subventions promises par les villes d'Arras, » Saint-Pol, Hesdin, et toutes autres qui pourraient être recueillies » en vue de contribuer à la rédaction des plans et devis d'un projet » complet de la ligne en question.

» 4° De soumettre le projet à l'examen du Conseil général à l'ouver- » ture de la prochaine session. »

Cette impulsion, le Conseil général et les communes l'ont suivie avec empressement, et ils ont voté les crédits suivants :

Le Conseil général du département............ ...	2,500 fr.	»
La ville de Saint-Pol........................	1,000	»
— Frévent........................	1,000	»
— Montreuil......................	1,500	»
— Étaples	500	»
— Arras	2,000	»
— Hesdin	1,500	»
TOTAL.............	10,000 fr.	»

A l'ouverture de la session de 1858, le projet n'était pas terminé, mais les études en étaient assez avancées pour permettre d'en conjec- turer les résultats; il y avait donc lieu d'en rendre compte et de les discuter ; c'est ce que fit le soussigné dans un rapport dont il peut être utile de rappeler ici quelques passages.

» Il y a, disait le soussigné, un contraste pénible entre les vallées de » la Canche et de la Ternoise, et celles qui, penchant au nord, sont en » libre communication avec les Flandres. Celles-ci participent de la fer- » tilité et de la richesse du Nord; la population y est active, et le cachet

» de l'aisance, la propreté, y est en honneur. Celles-là sont à peine
» touchées de la baguette magique du progrès. On mesure ordinaire-

Population moyenne.

» ment les ressources d'un pays par sa population moyenne; or, la
» population moyenne des arrondissements de Saint-Omer et de Bé-
» thune est de 120 habitants environ par kilomètre carré; celle des ar-
» rondissements de Saint-Pol et de Montreuil n'est que de 70. Sans
» contester l'influence de la fertilité naturelle du sol, nous assignerons,
» en partie, la cause de l'infériorité des deux derniers arrondissements
» à leur isolement. Les voies de communications économiques leur
» manquent complètement. Comment, dans de telles conditions, l'agri-

Obstacles au développement de la richesse.

» culture et l'industrie, indissolublement unies chez nous, pourraient-
» elles prospérer? Il en coûte plus pour transporter un hectolitre de
» charbon de Béthune à Montreuil, que de Mons à Paris. Tout est là,
» tout est dans les chiffres ci-après :
» Le transport d'une tonne à un kilomètre coûte environ, abstraction
» faite des frais d'établissement et d'entretien de la voie :
» Sur les routes, de $0^f,15$ à $0^f,18$.
» Sur les chemins de fer, $0^f,02$.
» Sur les canaux, de $0^f,005$ à $0^f,01$.
» .... La Canche est traversée, par le chemin de fer, à son em-
» bouchure, et la grande et belle vallée qu'elle arrose paraît à jamais
» privée de la jouissance d'une voie longitudinale. La raison en est dans
» le haut prix des chemins de fer et des canaux. Ils ne peuvent pros-
» pérer qu'à la condition de desservir de grands centres de population
» et d'industrie. Ces conditions ne se rencontrent pas ici. Est-ce une

Remède.

» raison pour désespérer de voir jamais les arrondissements de Saint-
» Pol et de Montreuil desservis par des voies économiques? Nous ne le
» pensons pas; on peut, en effet, comme nous l'avons dit ci-dessus,
» pour un petit trafic, employer, avec avantage, des rails légers, à la
» condition d'y appliquer des chevaux et d'éviter les fortes déclivités.
» Dans ces termes, la traction peut revenir à $0^f,03$ ou $0^f,04$ par tonne
» et par kilomètre. Tout se réduit à savoir si ce prix doit être grevé
» d'une lourde charge de capital engagé, ou si l'allégement de ce far-
» deau serait au-dessus des ressources du département. La question a

Étude.

» été jugée assez importante pour que M. le comte de Tanlay ait cru

» devoir appliquer à sa solution une somme de 10,000 fr. imputée sur
» les fonds du département et des principales communes intéressées.
» Le travail n'est pas fini ; mais il est assez avancé pour permettre d'en
» apprécier, dès à présent, les principaux résultats.

» La petitesse du crédit a porté le soussigné à proposer d'affecter à
» cette étude un conducteur spécial, M. Tournant, à qui ont été confiées
» les opérations d'Arras à Étaples et de Saint-Pol à Frévent. L'em-
» branchement de Saint-Pol sur les houillières sera étudié, après la
» moisson, par les soins de M. l'Ingénieur Quaisain, qui s'en est déjà
» occupé.

» Le tracé que l'on a suivi part de la station d'Arras ; il traverse la   Tracé de la ligne
» ville de la porte des Soupirs à la porte Méaulens, remonte la Scarpe   principale.
» jusqu'à sa source et descend la Ternoise jusqu'à Saint-Pol ; de là, il
» suit la Ternoise et la Canche, en empruntant successivement la route
» départementale n° 4, de Saint-Pol à Anvin ; la route départementale
» n° 13, d'Anvin à Hesdin ; la route impériale n° 39, d'Hesdin à Beau-
» merie ; traversant les marais pour atteindre la route impériale n° 1, à
» la sortie de Montreuil, et suivant la route départementale n° 1, jusqu'à
» la station du chemin de fer du Nord, à Étaples.

» Le chemin ainsi tracé traverse ou touche cinq villes, Arras, Saint-   Populations.
» Pol, Hesdin, Montreuil et Étaples, et quarante-huit villages dont
» quelques-uns comme Sainte-Catherine, Marœuil, Blangy-sur-Ter-
» noise, Auchy-lez-Moines, Maresquel, etc., ont une véritable impor-
» tance commerciale. La population totale en est de 64,000 habitants.

» A partir de Beaumerie, M. le comte de la Châtre, qui suit nos
» études avec beaucoup d'intérêt, a fait opérer des nivellements sur
» une autre direction, qui, touchant Montreuil au sud, irait de là à
» Verton, et même jusqu'à Berck, en débouchant les importantes pé-
» cheries de ce petit port.

» Aux points où les routes étaient trop accidentées, on a dû étudier   Redressements.
» des redressements. Les plus considérables ont lieu d'Arras à Saint-
» Pol, où le tracé suit, presque constamment le fond de la vallée. Dans
» un travail plus complet, on en proposerait d'autres, notamment à
» Arras, où il serait avantageux d'éviter la porte Méaulens et de
» suivre, à partir du marché au poisson, les rues du 29 Juillet et de

» Turenne et de sortir de la place par une ouverture pratiquée au-
» dessus de la porte d'eau du Crinchon.

» Les redressements ne sont pas, comme on pourrait le craindre,
» des opérations onéreuses, et elles ont le grand mérite d'éviter tout
» contact entre la circulation commune et celle du chemin de fer.

» Voici les résultats principaux de l'étude dont il s'agit :

Longueur,
dépense,
pentes et rampes

« La longueur totale du chemin serait de 101,162m 09, l'estimation
» de la dépense en est de 4,000,000 de francs ; dans cette dépense
» n'est pas compris le matériel roulant. Les pentes et rampes peuvent
» se résumer comme suit :

CATÉGORIES.	LONGUEUR.	ÉLÉVATION	ABAISSEMᵗ.	TOTAL.
De moins de 0,005 par mètre	46,039m 58	39m 438	56m 558	95m 996
De 0,005 à 0,01......	40,385 17	152 201	167 688	319 889
De 0,01 à 0,015......	12,273 15	58 857	85 204	144 061
De 0,015 à 0,02......	1,779 19	16 000	13 251	29 251
Au-dessus de 0,02 aux abords de la station d'Arras et dans quelques rues de villes........	685 00	5 380	11 459	16 839
TOTAUX....	101,162m 09	274m 876	334m 160	606m 036

» Il résulte de là que sur 86,424m 75, c'est-à-dire sur plus des 4/5mes
» de la route, les pentes et rampes seront de moins d'un centimètre
» par mètre. La plupart des autres sont très-courtes et faciles, en gé-
» néral, à adoucir, soit par voie d'écrètement, soit par modification
» de tracé. On peut donc admettre pour limite des pentes 0,01 par
» mètre, et supposer les chargements réglés en conséquence. Dans les

» parties les plus difficiles, les chevaux continueraient aisément leur
» marche à l'aide de la vitesse acquise et d'un coup de collier.

» Or, sur un chemin de fer en rampe d'un centimètre, la traction   Traction.
» est deux fois moindre que sur une bonne route pavée, parfaitement
» de niveau, et plus de cinq fois moindre que sur une bonne route
» pavée en pente de 0,05 par mètre, limite assez modérée des rampes
» de nos routes. Quant à nos routes en cailloutis, elles sont plus ti-
» rantes que les routes pavées, de telle sorte, que sur le chemin d'Arras
» à Etaples, tel qu'il est projeté, on peut affirmer que les chevaux
» traîneront environ huit fois autant que sur la route actuelle.

» Nous avons lieu de penser que les embranchements de Frévent et
» des houillères répondront aux mêmes conditions.

» Ils seront certainement plus fréquentés et nous pouvons, en toute
» sécurité, appliquer à l'ensemble, des appréciations qui porteraient
» sur la ligne principale.

» D'après les évaluations approximatives ci-contre', le chemin coû-   Produits
» tera en nombres ronds 40,000 francs par kilomètre et l'entretien   rémunérateurs.
» annuel sera largement estimé en le portant à 1,000 francs.

» C'est donc 5,000 francs par an et par kilomètre qu'il faudrait que
» l'exploitation produisit pour donner 10 p. °/₀ du capital engagé, le
» capital supposé tout entier à la charge de l'entreprise.

» On estime ordinairement à six francs par jour le prix du cheval,
» de la voiture et du conducteur. Un cheval parcourra 33 kilomètres
» et portera 8,000 kilogrammes de poids utile. Supposons que le péage
» soit moitié du prix actuel des transports, soit 0ᶠ,09 par tonne et par
» kilomètre, un cheval gagnera, par jour, 24 francs et donnera
» 18 francs de bénéfice, soit par an, 6,570 francs pour trente-trois
» kilomètres, ce qui fait par kilomètre, en nombre rond, 200 francs.
» Il s'ensuit que pour produire 5,000 francs, il faudrait une fréquen-
» tation de 25 colliers.

» On croit prudent de doubler ce nombre pour les retours à vide et
» les non-valeurs de toute nature. C'est donc une fréquentation de
» 50 colliers qu'il faudra pour payer 10 p. °/₀ aux capitaux enga-
» gés ; et moyennant cette condition, le pays, jouirait d'une réduction
» de moitié sur les prix des transports.

» Au premier aspect, une fréquentation de vingt-cinq colliers à
» pleine charge, peut sembler d'une réalisation facile sur une route qui
» compte une fréquentation moyenne de 303 colliers. Mais nous ferons
» observer que les 25 colliers supposent un tonnage utile de 200 ton-
» neaux, et que nous n'attribuons aux 303 colliers actuels qu'un mou-
» vement de 175 tonnes dû, en bonne partie, à des produits agricoles.

» Nous n'avons parlé que de marchandises ; nul doute que le trans-
» port de voyageurs ne soit productif; et d'ailleurs, il y aura bien des
» articles de messageries, qui payeront beaucoup plus de $0^f 09$ par
» tonne et par kilomètre.

» D'autre part, nous faisons abstraction de l'un des pricipaux pro-
» duits alimentaires, le charbon, qui arriverait en quantité supplémen-
» taire considérable par l'embranchement des houillères.

« Pour le charbon, il est prudent de supposer les retours à vide, le
» consommateur ne payant toujours que $0^f,09$ par tonne et par kilo-
» mètre, le cheval, au lieu de produire 24 francs par jour, ne donnera
» plus que 12 francs, soit 6 francs de bénéfice pour 33 kilomètres par-
» courus en un jour, ou 60 francs par kilomètre et par an. Pour faire
» 5,000 francs, il faut 70 colliers par jour ou un passage de 110,000
» tonnes environ par an. C'est à peu près le produit de deux fosses.
» Les fosses ne manqueront pas; il en est déjà six qui aident à l'ali-
» mentation directe des arrondissements de Saint-Pol et de Montreuil,
» outre ce que leur fournissent Arras et Boulogne. Mais on ne peut,
» surtout dans les débuts, attribuer le produit entier de deux fosses au
» chemin de fer et encore moins supposer que cette fréquentation se
» soutiendra sur toute la longueur de la route.

Propositions
de l'ingénieur en
chef.
» En attendant des documents statistiques plus complets, les don-
» nées qui précèdent prouvent que le chemin dont il s'agit est possible;
» que les pentes en seraient bonnes et le tracé avantageux, et qu'il
» donnerait probablement un revenu convenable dans un avenir pro-
» chain. Mais que, comme les produits sont sujets à des éventualités
» d'une appréciation difficile, il serait prudent que, pour assurer aux
» deux arrondissements de Saint-Pol et de Montreuil, le bienfait d'une
» voie de communication presque comparable, en fécondité, aux voies
» navigables, on ne laissât pas à la charge de la concession qui en se-

» rait faite , la constitution entière du capital ou du moins on garantit
» un minimum d'intérêt. Si ce minimum était de 6 p. %, il serait at-
» teint quand chaque kilomètre donnerait 3,400 f. de bénéfice annuel-
» lement , c'est-à-dire , quand la fréquentation quotidienne en serait de
» 47 colliers chargés ou de 52 colliers appliqués au transport de la
» houille. Il est très-vraisemblable que cette fréquentation s'établirait
» fort promptement , si ce n'est dès le début.

» Allons au devant d'une observation que l'on ne manquera pas de
» faire. A quoi bon, dira-t-on , s'imposer des sacrifices pour un che-
» min qui ne réduira que de moitié le prix des transports et où est la
» similitude de ces chemins avec les voies navigables ?

Chemins de fer
à traction animale
et voies
navigables.

» La réponse est facile. Nous avons supposé, pour la houille , des
» retours à vide. La compagnie disposerait donc , pour des transports
» en retour, de moyens qui ne lui coûteraient plus rien et pourrait les
» mettre , à très-bon compte , à la disposition du public, pour le trans-
» port des matières dont la valeur n'admet pas un grand péage. On en
» conçoit la possibilité quand on voit aujourd'hui le caillou de Saint-
» Omer transporté jusqu'à Cambrai pour l'entretien des chemins; et
» passer, aux Fontinettes, 20,000 tonneaux de sable annuellement;
» quand on voit le minerai du Boulonnais aller aux hauts fourneaux de
» Denain et d'Anzin , tandis que le coke , marchant en sens inverse ,
» revient dans le Boulonnais.

» La compagnie du Nord nous donne un autre exemple de bon mar-
» ché dans les trains de plaisir. Elle détermine ainsi des voyages qui
» n'auraient pas eu lieu , et le bénéfice qu'elle y trouve, quelque petit
» qu'il soit , est fort estimable comme revenu supplémentaire.

» Le bénéfice nécessaire assuré, la compagnie , qui pourra trans-
» porter, sans perte, à 0^f,03 ou 0^f,04 par tonne et par kilomètre , aura
» tout intérêt à appliquer un tarif réduit à des matières lourdes et en-
» combrantes qui ne voyageraient pas sans cela. C'est précisément le
» rôle des canaux navigables. »

M. le Préfet voulut bien accepter favorablement ces aperçus et les
produire au Conseil général avec l'autorité de son éminente position, de
son expérience et de ses lumières.

Proposition
de M. le Préfet.

« Sans doute a-t-il dit , nous appellerons de tous nos vœux la réalisa-

» tion d'un projet destiné à doter des bienfaits d'une circulation plus
» rapide et moins coûteuse, une des parties la plus intéressante de ce
» vaste et beau département.

» Mais afin d'atteindre plus sûrement ce but, je crois devoir vous
» proposer de décider non-seulement que les plans faits par **MM.** les
» ingénieurs aux frais du département et des villes pourront être cédés
Subvention.   » gratuitement, mais aussi qu'une subvention imposante, payable à la
» fin des travaux, sera attribuée par le département à la compagnie
» concessionnaire qui aura réalisé la mise en exploitation du chemin de
» fer américain d'Arras à Étaples ou Verton. Je crois qu'en élevant à
» un million cette subvention, qui serait recouvrable en cinq années,
» à raison de 4 centimes, ou pourrait la donner soit purement et sim-
» plement à la compagnie, soit l'introduire à titre de souscription dans
» l'entreprise et retirer plus tard un intérêt de cette mise de fonds, qui
» serait représentée par une valeur égale d'actions ou d'obligations.

» Je livre ces combinaisons à l'examen du Conseil général, mais je
» l'invite à ne pas perdre de vue le peu d'attrait de l'entreprise, et par
» conséquent la froideur probable qu'elle rencontrerait près des capita-
» listes étrangers au pays si la faveur du département ne se révélait
» pas par une manifestation matérielle de sympathie. »

M. le Préfet proposait en outre l'ouverture d'un nouveau crédit pour
l'achèvement des études.

Ces diverses propositions ont été adoptées avec quelques modifications. La délibération du Conseil général sera lue avec un très-grand
intérêt; nous allons la citer textuellement.

» Un rapporteur de la 4e commission expose que **M.** le Préfet propose
» au Conseil de voter une subvention d'un million recouvrable par cin-
» quième, à partir de l'adjudication des travaux en faveur de la compa-
» gnie qui exécuterait un chemin de fer à traction de chevaux, d'Arras à
» Étaples, subvention payable après le complet achèvement des travaux.
» La commission a modifié cette proposition et demande au Conseil *d'ac-*
» *corder à la compagnie concessionnaire qui se chargera d'exécuter*
» *cette ligne avec les embranchements qui pourront y être ajoutés, une*
» *subvention d'un million recouvrable en dix années et payable seule-*
» *ment après l'achèvement des travaux et la mise en exploitation.*

» M. le Préfet déclare que s'il a fixé le terme de cinq années, c'est
» parce que ce temps lui a été indiqué comme suffisant pour l'achèvement
» des travaux, et parce qu'il lui a paru nécessaire de ne pas retarder da-
» vantage le payement si on voulait venir efficacement en aide à l'entre-
» preneur. Il fait remarquer que ce paiement ne devant avoir lieu qu'après
» la fin des travaux ne compromettrait en rien les intérêts du départe-
» ment. Il demande à la commission si, dans sa pensée, l'imposition ne
» commencerait à être recouvrée qu'après l'exécution des travaux, ce
» qui, dans le cas où ils dureraient cinq ans, ajournerait le payement
» de la subvention à quinze années.

» On répond que la commission, placée entre les votes précédents du
» Conseil qui divisait la subvention en vingt annuités et la proposition
» de M. le Préfet qui lui assignait le terme de cinq années, a cru devoir
» fixer dix ans à partir du commencement des travaux, parce que ce
» temps lui a paru nécessaire à leur complet achèvement; que ces che-
» mins étant en France à l'état d'essai, il ne faut les subventionner
» qu'avec prudence, parce que les sacrifices du département seraient
» en pure perte s'ils étaient payés avant leur mise en exploitation.

» Mais on fait observer que le chemin projeté ne devant, d'après les
» appréciations de M. l'Ingénieur en chef, donner que de faibles pro-
» duits, il ne se présentera d'entrepreneur que si le département offre
» des avantages sérieux ; que ce chemin étant d'un intérêt départemental
» au plus haut degré, puisqu'il doit mettre une partie importante du Pas-
» de-Calais en communication avec son chef-lieu et avec les voies fer-
» rées, il importe d'en assurer l'exécution ; qu'ajourner le paiement de
» la subvention après le complet achèvement et la mise en circulation
» de la voie, c'est réellement retirer de la main gauche ce qu'on offre
» de la main droite ; qu'il serait plus rationnel de la payer, suivant l'u-
» sage au prorata des travaux achevés, de manière à ce que le dépar-
» tement ait toujours un résultat acquis de ses sacrifices.

» On fait remarquer, en ce qui concerne les embranchements, qu'il
» n'en a pas été question dans les votes précédents et qu'il n'y a pas lieu
» de les admettre au partage de la subvention; parce que celle-ci doit
» être allouée en vue de la voie principale qui surtout intéresse le
» département.

» Un membre propose en conséquence l'amendement suivant : le
» Conseil général vote en principe une subvention d'un million, re-
» couvrable en cinq années, par cinquième, et payable au prorata des
» travaux et à mesure de leur achèvement complet par cinquième, en
» faveur de la première compagnie régulièrement autorisée sous l'ap-
» probation du gouvernement, pour exécuter un chemin de fer à trac-
» tion de chevaux d'Arras à Étaples.

» Cet amendement est mis aux voix et adopté.

» Conformément aux propositions de la commission, présentées par
» le même rapporteur, le Conseil vote ensuite un crédit de 500 francs
» pour les études d'un embranchement demandé par le Conseil d'ar-
» rondissement de Montreuil et destiné à relier Verton à Montreuil.
» Et une somme de 1,000 f. proposée par M. le Préfet, pour contri-
» buer aux études d'un embranchement de Frévent aux Houillères
» du Pas-de-Calais. »

Ces votes et ceux que M. le Préfet a obtenus depuis de quelques villes
et de quelques établissements industriels ont ajouté au fonds des études
les ressources suivantes :

Fonds du département.		1,000ᶠ »
id. id. pour l'embranchement de Verton.		500 »
id. de la ville de Saint-Pol.		1,000 »
id. id. Béthune.		1,200 »
id. id. de Frévent		750 »
Établissements industriels de Frévent		750 »
Total		5,200 »

De plus, M. Rainbeaux a fait l'abandon des études déjà faites à ses
frais pour desservir la houillère de Marles.

Grâce à ces ressources et au concours dévoué de M. l'Ingénieur
Quaisain, les études ont pu être terminées si ce n'est dans tous les détails du moins à l'état d'avant-projet assez avancé pour permettre au
gouvernement et aux compagnies de les prendre pour base d'une déter-
mination. Nous allons en donner une idée sommaire.

DEUXIÈME PARTIE

———◇◆◇———

AVANT-PROJET

———◇◆◇———

§ 1er. — **Des pièces de l'Avant-Projet.**

L'avant-projet comprend quatre dossiers.

L'un pour la ligne principale d'Arras à Etaples et les trois autres pour les embranchements de Saint-Pol à Frévent, de Saint-Pol à Béthune et de Montreuil à Verton.

Le premier dossier comprend la carte générale du tracé à l'échelle de 1 à 80,000, c'est la carte de l'état-major sur laquelle on a tracé en rouge les lignes de l'avant-projet.

Chaque dossier comprend en outre :

1º Un plan à l'échelle de 1 à 2,500, extrait du cadastre sur lequel est tracé l'axe du projet;

2º Un profil en long à l'échelle du plan pour les longueurs et d'une échelle décuple pour les hauteurs;

Le plan de comparaison de ce profil est le niveau moyen de la mer repéré à 4m 50 en-dessous de la tablette de couronnement de l'écluse de la citadelle à Calais, plan de comparaison adopté par le soussigné pour tout le département;

3º Un cahier des profils en travers avec un profil type de la voie ;

4º Un cahier des types des ouvrages d'Art;

5°. Un tableau et métré des terrassements et des ouvrages d'art ;

6° Une estimation de la dépense ;

7° Enfin, un mémoire justificatif des dispositions adoptées.

Il n'y a que quelques exceptions que nous allons indiquer : le dossier de l'embranchement de Frévent ne contient pas de cahier de profils en travers. Cet embranchement est presque partout en rectification et, dans un avant-projet, on peut, sans trop d'erreur, supposer nulle la pente transversale du terrain.

Celui de l'embranchement de Béthune ne contient pas non plus de cahier de profils en travers. Le même motif que ci-dessus existe pour la majeure partie du parcours ; et, pour le surplus, M. l'Ingénieur Quaizain a substitué des évaluations approximatives au calcul exact des terrassements qui sont de fort peu d'importance. Ce dossier comprend, outre le rapport justificatif, un projet de cahier des charges. Enfin, au dossier de la ligne principale il y a quelques pièces additionnelles relatives à des variantes dans le tracé.

Ces pièces suffisent pour donner avec une précision satisfaisante l'indication des travaux à faire pour l'établissement du chemin de fer et pour l'estimation de la dépense, mais on n'y a point compris le matériel d'exploitation ni l'installation des gares. D'aussi grands détails eussent beaucoup trop retardé la production du travail et rendu le crédit des études fort insuffisant. On s'est borné, à cet égard, à des évaluations en bloc dans lesquelles il sera toujours loisible à une compagnie concessionnaire de se renfermer. Si par l'accroissement de trafic elle devait en sortir, elle n'aurait qu'à s'applaudir d'un surcroit de dépense provoqué par la prospérité de l'entreprise.

§ 2. — Du Nivellement.

Les opérations de terrain et de cabinet ont été faites avec tout le soin possible ; mais leur vérification détaillée aurait exigé beaucoup de temps. On n'a vérifié, pour abréger, que les points essentiels.

Les Ingénieurs expérimentés ne seront pas surpris d'apprendre que, sur un développement total de 166 kilomètres environ, il se soit ren-

contré dans les nivellements des discordances qui accusent quelques
mètres d'erreur, lorsqu'ils sauront surtout que les repères de départ
rapportés au niveau moyen de la mer, à Calais, ont été pris, d'après
d'anciens nivellements, l'un à 72, l'autre à 136 kilomètres de la mer.
Le soussigné considère donc les différences observées comme ne devant
en aucune manière discréditer les opérations.

Au surplus, ces différences les voici :

Le soussigné, se fondant sur le nivellement des voies navigables, a
donné à M. Quaisain un repère à Béthune, et à M. Tournant un repère à Arras, rapportés l'un et l'autre au niveau moyen de la mer, à
Calais.

Au point de rencontre des deux nivellements à Saint-Pol, la différence
des cotes est de $2^m,79$, celle de M. Tournant donnant le nombre le
plus fort, et à Étaples le niveau moyen de la mer se trouve coté, par
M. Tournant, à $1^m,54$ au-dessus du point admis par l'usage. L'expli-
cation pourrait être que M. Tournant serait parti d'un repère coté trop
haut. Toute l'influence que les vérifications pourront avoir sera de modifier un peu les pentes et les rampes du projet.

§ 3. — Dispositions de la voie.

Le chemin est supposé à une seule voie, avec des gares d'évitement.
Comme il est destiné à être concédé, on est d'avis de laisser toute lati-
tude au concessionnaire pour le choix des détails d'exécution de la voie,
sous réserve d'approbation ; ceux dont on a fait choix dans l'avant-
projet n'avaient d'autre objet que d'établir les évaluations sur une
possibilité, et c'est pourquoi l'on a choisi le rail le plus usité, celui du
chemin de fer de Paris à Versailles. On en a réduit les dimensions à
la limite adoptée en dernier lieu par M. Loubat dans un but d'économie.

La disposition donnée par M. Loubat pour les chaussées en cailloutis
a été légèrement modifiée, à l'avant-projet, pour les chaussées pavées,
en vue d'en placer les traverses à une profondeur convenable, sans
augmenter pour cela la hauteur des longrines.

La largeur de la voie est de $1^m,44$ entre les rives extérieures de la

3

canelure destinée à recevoir le boudin des roues ; cette disposition a pour objet de faciliter les communications directes entre ce chemin et le chemin de fer du Nord en leurs points de contact ; elle donne 1^m,50 de largeur de dehors en dehors des rails.

On suppose pour la voie une chaussée en cailloutis de deux mètres de largeur et de trente à trente-cinq centimètres d'épaisseur ; dans les parties pavées, le sable se substitue au cailloutis et l'épaisseur de la chaussée est portée à 0^m,40 environ.

Dans les redressements on prend un accotement de 0^m,75 et l'on suppose, en déblai, un fossé de 1^m,00 de largeur, avec talus inclinés à 45°, et, en remblai, des talus à un et demi de base pour un de hauteur.

L'accotement de 0^m,75 a déterminé M. Quaisain à adopter, pour les gares d'évitement, des entre-voies de 1^m,50 seulement. Suivant les instructions qu'il avait reçues, M. Tournant les a prises de 2^m,00 ; c'est cette dernière dimension que le soussigné préfère.

§ 4. — **Profil transversal.**

Le profil transversal varie selon que le chemin de fer est en rectification, ou sur une route, ou un chemin vicinal.

Des données qui précèdent on déduit le profil en rectification.

Sur une route impériale ou départementale, ou sur un chemin de grande communication, l'on place la voie de fer dans l'axe de la chaussée, dont on porte la largeur à six mètres au moins, afin de faciliter le croisement des voitures. Si la chaussée est pavée, la largeur supplémentaire est supposée construite en cailloutis.

Sur un simple chemin vicinal de moins de six mètres de largeur, la voie de fer se place sur l'un des côtés de la chaussée, dont la largeur est portée à 4^m,00.

§ 5. — **Frais d'établissement de la voie.**

De ces données, en leur faisant l'application des prix usités dans le pays, légèrement augmentés en raison de l'influence d'un travail neuf aussi considérable, l'on déduit, pour la voie de fer simple, les évaluations suivantes :

PRIX DU MÈTRE COURANT DE VOIE FERRÉE Y COMPRIS TOUTES FOURNITURES
ET MAINS-D'ŒUVRE DE CHAUSSÉE.

1° En rectification........................... 22ʳ 40
2° Sur chemin de terre........................ 24 29
3° Sur chemin d'intérêt collectif 22 90
4° Sur chemin de grande communication avec reconstruction entière de la chaussée 24
5° Sur route départementale avec reconstruction partielle de la chaussée......................... 23 60
6° Sur route départementale avec reconstruction entière de la chaussée............................ 24 96
7° Sur route impériale avec reconstruction partielle de la chaussée.............................. 22 06
8° Sur route impériale avec reconstruction entière de la chaussée............................... 24 07
9° Sur chaussée pavée en traverse avec reconstruction partielle de la chaussée................. 23 84
10° Sur chaussée pavée en traverse avec reconstruction entière de la chaussée.................... 30 11
11° Sur chaussée pavée en plaine avec reconstruction partielle de la chaussée.................... 25 38
12° Sur chaussée pavée en plaine avec reconstruction entière de la chaussée..................... 30 33

Ces prix ne comprennent pas les acquisitions de terrains ni les terrassements que nécessite la régularisation du profil en long.

Ils font pressentir que dans les parties peu accidentées, il est plus avantageux de placer le chemin de fer en rectification que sur un chemin préexistant.

§ 6. — **Du tracé en plan.**

Néanmoins on s'est attaché, dans le tracé, à utiliser, autant que possible, les routes actuelles, et l'on n'a fait de rectifications que là où ces routes devenaient trop accidentées.

Le tracé en plan se présente comme suit :

LIGNE PRINCIPALE D'ARRAS À ÉTAPLES.

Le tracé part de la gare du chemin de fer du Nord à Arras ; il traverse la ville, remonte la vallée de la Scarpe jusqu'à sa source, passe dans celle de la Ternoise qu'il suit jusqu'à son embouchure dans la Canche en traversant la ville de Saint-Pol, chef-lieu d'arrondissement, traverse la ville d'Hesdin et suit la vallée de la Canche jusqu'à Étaples, où il se rattache de nouveau au chemin de fer du Nord, après avoir touché le chef-lieu de l'arrondissement de Montreuil.

La longueur totale est de 101,162^m 09^c, dont :

	AVEC Terrassements.	SANS Terrassements.
Avec chaussée en cailloutis.		
1° En rectifications.................	32,510 08	
2° En chemins de terre	8,159 83	
3° En chemins d'intérêt collectif........	1,768 72	
4° En chemins de grande communication.	1,171 47	
5° En routes départementales	11,872 38	18,590 07
6° En routes impériales..............	9,105 25	13,079 42
Avec chaussée pavée.		
7° Traverses des villes et bourgs........	1,620 70	1,223 05
8° Hors des traverses................	856 65	1,204 45
Totaux..........	67,065^m 10	34,096^m 99

Récapitulation.

Parties avec terrassements...................	67,065	10
Id. sans terrassements...................	34,096	99

Total pareil.......... $101,162^m 09$

Le rayon des courbes est généralement grand; le minimum est de $30^m,00$.

EMBRANCHEMENT DE SAINT-POL A FRÉVENT.

Cet embranchement part de la ligne principale à la sortie de Saint-Pol, au point où se termine l'agglomération sur la route départementale n° 4, et aboutit à Frévent, route départementale n° 11.

Le point d'arrivée sera fixé ultérieurement sur les propositions de la Compagnie; dans l'avant-projet, on a continué le tracé sur la route départementale n° 11 jusqu'au point où le chemin de fer devrait la quitter s'il se continuait sur la Somme.

La longueur totale du tracé est de $15,746^m20$, dont *en cailloutis :*

	AVEC Terrassements.	SANS Terrassements.
1° En rectification....................	14,252 61	
2° En chemin d'intérêt collectif........	96 84	
3° En chemin de grande communication.	112 33	
4° En route départementale	982 58	
5° En routes impériales..............	174 52	127 32
Totaux..........	$15,618^m88$	$127^m 32$

Récapitulation.

Parties avec terrassements..................	15,618 88
Id. sans terrassements..................	127 32
Total pareil.........	15,746ᵐ20

Les courbes sont généralement d'un très-grand rayon : le rayon minimum est de 50ᵐ 00.

On voit que cet embranchement est presque tout en rectification.

EMBRANCHEMENT DE BÉTHUNE A SAINT-POL.

Cet embranchement part de la grande place de Béthune, descend au port que possède la ville sur le canal d'Aire à La Bassée, remonte ensuite sur la route impériale n° 43, l'emprunte jusqu'à Choques ; là il remonte la vallée de la Clarence qu'il suit jusqu'à son origine près de Saint-Pol, en passant près des fosses de Vendin et de Marles et près de la ville de Pernes. Le tracé descend ensuite, par la vallée des Fontinettes, sur Saint-Pol, et se rattache à la ligne principale, à Saint-Michel, à un peu plus d'un kilomètre de la ville.

Les rayons des courbes sont généralement très-grands.

M. Quaisain, pour simplifier ses estimations, a distribué les diverses parties du chemin par catégories qui se présentent comme suit :

Chemin en rectification en plaine..............	6,561ᵐ34
Id. en terrain accidenté.................	12,666 34
Id. sur chaussée pavée	3,646 52
Id. sur chemin d'empierrement...........	6,382 36
Id. sur chemin avec changement de niveau...	1,434 47
Id. sur chemin de traverse	846 94
Id. avec profils exceptionnels	1,278 45
Longueur totale.........	32,816ᵐ42

EMBRANCHEMENT DE MONTREUIL A VERTON.

Cet embranchement part de la ligne principale au point où elle atteint la route impériale n° 1 à la sortie de Montreuil, pénètre dans la ville basse, passe près des moulins du Bacon, perce le rempart et gagne, par le ravin qui est à l'ouest de la ville, le chemin de grande communication n° 27, de Montreuil à Cucq ; puis il descend, par un autre ravin, sur Airon-Notre-Dame, et gagne la station de Verton par le chemin d'intérêt collectif d'Étaples à Collines.

A la rencontre du chemin de grande communication n° 27, cet embranchement reçoit un sous-embranchement qui atteint la route impériale n° 1, à la porte de France à Montreuil, et qui pourrait aisément être continué jusqu'à la grande place de cette ville qu'il mettrait ainsi en communication directe avec la gare de Verton. Ce point est de 36 à 38m,00 plus élevé que la ligne principale à l'entrée de la basse ville.

A quelques rares exceptions près, les courbes de raccordement sont partout d'un grand rayon.

Cet embranchement et le sous-embranchement qui en est inséparable présentent en plan les résultats ci-après :

Chaussées en cailloutis.	AVEC Terrassements.		SANS Terrassements.	
En rectification....................	9,499	99	»	»
Sur chemins de terre................	109	68	»	»
Id. d'intérêt collectif.........	815	50	1,312	95
Sur chemins de grande communication..	2,123	24	1,416	16
Sur route impériale.................	71	20	»	»
Traverse de Montreuil...............	335	20	206	80
Totaux..........	12,954m84		2,935m91	

Récapitulation.

Parties avec terrassements...................   12,954 84

Id.   sans terrassements....................   2,935 91

Total pareil..........   15,890^m72

§ 7. — Longueur du chemin.

La longueur totale du chemin principal et de ses embranchements, sans y comprendre les voies de garage, est donc comme suit :

Ligne principale.............................   101,162^m09

Embranchement de Frévent..................   15,746 15

Id.   de Béthune...................   32,816 42

Id.   de Verton à Montreuil..........   15,892 72

Total..........   165,613^m38

En supprimant l'embranchement de Verton......   15,890 72

La longueur serait de ....   149,724^m66

Si l'on substituait la ligne de Montreuil à Verton à celle de Montreuil à Étaples, il y aurait à retrancher 11^k,00 de la totalité des lignes, ce qui la réduirait à............................   154,615^m38

§ 8. — Profil en Long.

La ligne principale et les embranchements avaient chacun à passer d'une vallée dans une autre et, par conséquent, à franchir un col.

Afin d'éviter des dépenses de terrassements on a adopté, à chacun des points de partage, pour limite des pentes du profil en long, la pente générale du terrain. Ces pentes règnent sur d'assez grandes longueurs. Sur la ligne principale elles atteignent $0^m,015$ par mètre et peuvent facilement être adoucies sans grands terrassements par des modifications de tracé. Sur l'embranchement de Frévent elles atteignent $0^f,012$ sur le versant septentrionnal, et $0^m,024$ sur le versant opposé. La houille montera sur le premier et descendra sur le second. On pourrait, par une modification de tracé, adoucir sans grands terrassements la pente du chemin sur ce versant et la réduire à 0,017.

Sur l'embranchement de Béthune, la rampe limite du versant nord est de $0^m,022$, et celle du versant sud, où doit descendre la houille, est de $0^m,018$; mais il est facile de voir que sur le premier versant, la limite de pente, qui n'existe que sur $1,800^m,00$ environ de longueur, peut être ramenée par un changement de tracé à $0^m,018$, comme sur le second.

Sur l'embranchement de Verton, la limite supérieure des pentes est de $0^m,011$, sur le sous-embranchement elle est de $0^m,020$; sur celui-ci on ne pourrait l'adoucir que par un changement de tracé qui, en allongeant le chemin, augmenterait notablement la dépense.

Outre le passage des cols, il y a des pentes et rampes un peu fortes dans les traverses des villes et villages. Celles-ci sont toujours fort courtes. Il en est qu'une étude plus complète permettra d'adoucir.

Cela posé voici, en résumé, les longueurs cumulées des pentes et rampes par catégories.

DÉSIGNATION des PARTIES DE CHEMIN.	SOMME DES PENTES ET RAMPES.				
	De 0 à $0^m,005$.	De 0,005 à $0^m,01$.	De 0,01 à $0^m,015$.	De 0,015 à $0^m,02$.	De plus de $0^m,02$.
D'Arras à Étaples...	$46,039^m58$	$40,385^m17$	$12,273^m15$	$1,779^m19$	685^m »
De St-Pol à Frévent	2,683 94	7,618 18	3,736 84	877 04	829 70
De Béthune à St-Pol	10,506 63	8,509 34	7,283 97	4,448 61	2,067 87
De Montreuil à Verton	6,716 38	6,449 54	1,289 40	32 60	93 20
Id. s^s. embranch^t.	» »	» »	» »	999 40	310 20
TOTAUX........	$65,946^m53$	$62,962^m73$	$24,583^m36$	$8,136^m84$	$3,985^m97$
Proportion pour $^o/_{oo}$ sur la longueur totale qui est de $165,615^m43$..........	398 »	380 »	148 »	49 »	24 »

Les chemins, sur les 4/5 de leur longueur environ, ont donc des pentes moindres que 0,01 par mètre, et il n'y a que deux et demi pour cent de leur longueur où elles excèdent 0,02.

Quant à la pente maximum, la voici :

Sur la ligne principale, 0,034 et 0,029 à supprimer par voie de rectification ; la pente maximum descendra ensuite à 0,018.

Sur l'embranchement de Frévent, 0,025.

Sur l'embranchement de Béthune, 0,022, susceptible d'être ramenée à 0,020.

Sur l'embranchement de Verton, 0,024, susceptible d'être ramenée à 0,012 par rectification.

Sur le sous-embranchement, 0,020.

§ 9. — **Ouvrages d'art.**

Les ouvrages d'art sont très-peu nombreux : on les a ramenés à un nombre fort restreint de types d'une grande simplicité. Le seul qui soit un peu compliqué est, sur l'embranchement de Verton, le percement des fortifications de Montreuil ; mais nous verrons ci-après qu'il y aura toute convenance à éviter ce travail à l'aide d'une rectification.

§ 10. — **Estimation de la dépense.**

Les dépenses sont évaluées comme suit :

LIGNE PRINCIPALE.

Terrassements..........................	147,877^f 65
Chaussées, voies de fer principales et de garage..	2,628,507 77
Ouvrages d'art..........................	67,836 87
Acquisitions de terrains....................	280,000 00
Indemnités pour bâtiments..................	20,000 00
Gares à Arras, Saint-Pol, Hesdin et Étaples.....	370,000 00
Somme à valoir pour dépenses imprévues.......	185,777 71
Total..........	3,500,000^f 00

EMBRANCHEMENT DE SAINT-POL A FRÉVENT.

Terrassements......................................	35,190ᶠ 46
Chaussée et voie de fer	355,940 86
Ouvrages d'art...............................	38,007 22
Acquisitions de terrains....	90,000 00
Gares	75,000 00
Dépenses imprévues..........................	25,861 46
Total..........	626,000ᶠ 00

EMBRANCHEMENT DE BÉTHUNE A SAINT-POL.

Etablissement de la voie et des garages, compris terrassements et terrains......................	831,065ᶠ 74
Ouvrages d'art.............................	48,320 00
Dépenses imprévues.........................	70,614 26
Total..........	950,000ᶠ 00

EMBRANCHEMENT DE MONTREUIL A VERTON.

Terrassements.............................	19,451ᶠ 03
Chaussée et voie de fer.................	320,287 75
Ouvrages d'art.............................	11,544 06
Acquisition de terrains......................	60,000 00
Gares	75,000 00
Dépenses imprévues.........................	43,720 18
Total..........	530,000ᶠ 00

SOUS-EMBRANCHEMENT.

Terrassements.............................	3,363ᶠ 39
Voie ferrée...............................	28,761 73
Ouvrages d'art	41 76
A reporter...............	32,166 88

Report................	32,166,88
Acquisition de terrains....................	6,000 00
Gares....................................	30,000 00
Travaux imprévus........................	1,833 12
Total.........	70,000 00

RÉCAPITULATION DES DÉPENSES.

Ligne d'Arras à Étaples....................	3,500,000 00
Id.　de Saint-Pol à Frévent................	626,000 00
Id.　de Béthune à Saint-Pol...............	950,000 00
Id.　de Montreuil à Verton................	530,000 00
Sous-embranchement......................	70,000 00
Total.........	5,676,000 00

Ces estimations donnent lieu, de notre part, aux observations ci-après :

Le mode d'évaluation suivi par M. Tournant, n'a pas été adopté par M. Quaisain, qui, en divisant les diverses parties de chemin par catégories, a fait entrer dans chacune, à tant le mètre courant, les dépenses que pouvaient nécessiter les acquisitions de terrains et les terrassements. M. Quaisain a dû adopter ce mode pour abréger ; l'étude d'un embranchement sur Béthune n'ayant été résolue qu'après celle du chemin principal. Mais la grande expérience de M. Quaisain ne permet aucun doute sur l'exactitude de ses évaluations.

M. Quaisain n'a point non plus adopté exactement la voie de M. Tournant ; la seule rectification que le soussigné ait à faire, sous ce rapport, à l'estimation de M. Quaisain, c'est d'augmenter de 4 fr. le prix des 100 kilogrammes pour fers ou de 0,80 le mètre courant de la voie ; soit, pour la longueur totale de 33,503^m,76, gares comprises, une somme de 26,803 fr.

M. Tournant n'a pas prévu de voies de garage pour les embranchements. Le service peut en effet s'organiser sans leur secours ; mais il est préférable d'en prévoir l'exécution ; comme elles forment les $\frac{16}{1000}$ de la dépense sur la ligne principale, au même taux elles coûteront :

1° Pour l'embranchement de Frévent, une somme de. .   10,016^f »
2° Sur l'embranchement de Verton, en y comprenant le
sous-embranchement............................   9,600   »

Total...........   19,616^f »

M. Quaisain n'a point introduit dans ses évaluations la dépense des
stations ; elles figurent dans le travail de M. Tournant pour 550,000 fr.
soit les $\frac{116}{1000}$ de la dépense totale. A ce taux, l'estimation de M. Quaisain pour l'embranchement de Béthune devrait être augmentée de
110,200 fr.

Tenant compte de ces additions et modifiant les sommes à valoir
pour obtenir des nombres ronds, nous trouvons les estimations ci-
après :

Ligne principale..............................   3,500,000^f »
Embranchement de Frévent...................   630,000   »
Id.   de Béthune   1,060,000   »
Id.   de Verton et Montreuil.........   610,000   »

Total...........   5,800,000^f »

sans y comprendre le matériel roulant.

Le prix moyen du kilomètre est donc de 35,000 fr.

Si l'on supprimait l'embranchement de Verton, la dépense serait
réduite à 5,200,000 fr. environ, et si l'on substituait l'embranchement
de Verton à la ligne de Montreuil à Etaples, elle serait de 5,445,000 fr.

§ 10. — De quelques modifications à faire au Projet.

Nous avons vu ci-dessus que l'on peut, par des rectifications faciles,
améliorer le profil en long dans ses parties les plus défectueuses.

Il en est deux sur lesquelles nous insisterons.

En partant de la gare d'Arras, le chemin descend avec une forte
pente de 0^{m}02 vers la porte des Soupirs. Cela est sans grand inconvé-
nient, cette porte étant peu fréquentée. Cependant on a cherché si la
porte Napoléon n'aurait pas été plus commode et l'on a étudié dans
la ville une suite de rues qui, en atteignant le marché aux grains,
n'aient pas de trop fortes pentes. On a pu réduire ainsi la pente maxi-

mum à $0^m,016$; mais un examen attentif montre que ce tracé doit être abandonné. En effet, la pente de $0^m,02$ sur le premier tracé tombe hors de la ville, en un point où les servitudes militaires interdisent les constructions. Le chemin de fer entre en ville par des rues larges, droites et de niveau. La pente de $0^m,016$ dans le second tracé se présente dans la rue la plus fréquentée d'Arras. La série des rues empruntées dès la porte Nopoléon, devient très-sinueuse, et ces rues étroites sont encombrées les jours de marché.

Le seul fruit que l'on puisse retirer de cette étude, c'est de reconnaître la possibilité de diriger un embranchement de la gare d'Arras au marché aux grains par des rues qui n'aient pas plus d'un centimètre de pente par mètre.

A la sortie de la ville par la porte Méaulens, il se présente une autre difficulté plus sérieuse, c'est une rampe de $0^m,034$ dans la traversée des fortifications, une des parties les plus fréquentées de la ville.

L'étude faite dans le but d'éviter cet obstacle, montre que l'on peut très-aisément donner au chemin de fer une sortie spéciale raccourcissant la ligne, ne la dirigeant plus que par des rues larges, rectilignes et très-peu accidentées. L'une d'elles seulement, la rue du Vent-de-Bise, donne encore une rampe de $0^m,022$; mais on l'éviterait, en bonne partie, en substituant, pour atteindre la rue du Vent-de-Bise, les rues Royale et Terrée-de-Cité à la rue du 29 Juillet et faisant quelques modifications aux pavés actuels.

A Saint-Pol, on éviterait aussi, près de la prison, une forte pente et un tournant brusque en faisant passer le tracé au travers de l'hôtel d'*Angleterre*, où la gare du chemin de fer pourrait très-commodément s'établir.

A Montreuil on éviterait, sur l'embranchement de Verton, d'avoir à percer les fortifications, en maintenant, jusqu'à l'aval de la place, le tracé dans le marais et faisant un pont sur la Canche au point où elle touche la rue de la Grenouillère.

§ 12. — **Cahier des Charges.**

M. Quaisain a joint à son travail un projet de cahier des charges pour la concession. Il a pris pour type celui qui est annexé au décret du 26 août 1857 et qui est relatif au chemin de Riom à Clermont, mais il y a fait des modifications que nous rappelons ci-après pour en faciliter l'examen.

ART. 2. — Quoique le chemin soit à une voie, M. Quaisain exige que les ouvrages d'art soient faits pour deux voies ; ces ouvrages sont de si peu d'importance que cette précaution paraît inutile.

ART. 3. — M. Quaisain introduit sous ce numéro un article nouveau qui autorise le concessionnaire à exproprier pour les élargissements de chemins et les rectifications. Cette faculté est indispensable.

ART. 5 (4 du décret). — M. Quaisain prévoit le cas d'emprunt de chemins de diverses natures et détermine les conditions à remplir pour chacun d'eux.

ART. 13 (12 du décret). — Suppression de la redevance en faveur des chemins empruntés et obligation, pour le concessionnaire, d'entretenir constamment en bon état, à ses frais, la zone occupée par la voie ferrée, plus cinquante centimètres de largeur de chaque côté en dehors des rails.

ART. 16 (15 du décret). — Cet article stipule la durée de la concession et le tarif.

M. Quaisain laisse la durée de la concession de cinquante ans ; mais réduit de $0^f 14$ à $0^f 10$ par tonne et par kilomètre le prix du transport des marchandises de première classe et à $0^f 08$ celui des marchandises de deuxième classe.

Des prix réduits sont le seul moyen d'obtenir de grands transports et il nous a paru mieux d'introduire les réductions dans les cahiers des charges, que de laisser aux compagnies la faculté de les opérer, ce qu'elles font presque toujours, mais en imposant au commerce des charges ou des sacrifices dont le moindre est celui des garanties ordinaires de toute entreprise de transport.

ART. 23 (22 du décret). — M. Quaisain stipule qu'à l'expiration de la concession, les terrains acquis en vertu du traité deviendront la propriété de l'État, cette clause est une conséquence de celle contenue en l'article 3. Seulement elle pourrait motiver quelque faveur en compensation.

Il y aurait donc lieu d'introduire dans l'article suivant, article 24 (23 du décret), la condition que si le gouvernement ordonnait la suppression de la voie ferrée, il serait tenu de reprendre de gré à gré ou à dire d'experts les terrains achetés par la Compagnie.

Art. 27 (26 du décret). — *Cautionnement*. — Le chiffre en est laissé en blanc par M. Quaisain ; mais il sera facile de le calculer à l'aide des évaluations qui précèdent. Il est ordinairement du 30e des travaux. Soit pour la totalité des lignes environ 200,000 francs..

Art. 32 (31 du décret). — Domicile du concessionnaire à déterminer, soit Arras.

§ 13. — Des Produits probables.

Nous avons donné en tête du présent Mémoire des opinions et des aperçus sur le succès probable de l'entreprise.

M. Tournant a examiné la question au point de vue des bénéfices de l'exploitation ; il a pris pour base :

1° Les relevés de circulation faits par l'administration des ponts et chaussées en 1856, 1857 ;

2° Des renseignements pris directement auprès des messageries.

Les relevés de la circulation donnent le nombre moyen de colliers qui fréquentent quotidiennement la route.

M. Tournant en supprime la moitié comme appartenant à l'agriculture locale, et il considère comme n'allant à charge que les deux tiers du restant ; il suppose cette fraction (le tiers de la totalité) appliquée au transport des marchandises à raison de 1000^k par collier, puis il l'augmente des $\frac{65}{1000}$ pour tenir compte du produit des voyageurs, il applique au résultat un tarif moyen de 0^f,12 par tonne et par kilomètre, et il arrive à constater que, sans avoir égard à la subvention offerte par le département, l'entreprise jouira d'un revenu de 10^f,63 p. % en y comprenant l'intérêt à 5 p. % des frais d'établissement.

Le tarif proposé par M. Tournant est plus élevé que celui proposé par M. Quaisain au projet de cahier des charges. M. Tournant suppose

par tonne et par kilomètre............................ 0^f,12
par voyageur et par kilomètre........................ 0^f,083

M. Quaisain par tonne et par kilomètre :

Marchandises de première classe..................... 0^f,10
— de deuxième classe.................... 0^f,08

par voyageur selon la classe 0^f,09, 0^f,07 et 0^f,05.

Le tarif de M. Tournant ne remplirait pas l'attente des localités ; si les chemins à vapeur ont des tarifs élevés, ils offrent, pour les voyageurs, la compensation d'une très-grande vitesse, et, pour les marchandises, de très-fortes réductions volontaires, qui n'empêchent pas cependant la messagerie de leur faire une concurrence sérieuse pour les petits parcours. Il faut donc, pour le chemin de fer à traction animale, un tarif modéré.

Mais M. Tournant ne suppose pas d'augmentation dans le trafic. Or, l'effet naturel et immédiat d'un service régulier et économique sera évidemment d'augmenter le trafic et dans une proportion d'autant plus forte que le nouveau service sera plus avantageux au public.

Enfin, M. Tournant ne tient pas compte de deux faits importants : le premier, la mise en exploitation d'un bassin houiller nouveau d'une très-grande richesse; le second, la subvention d'un million offerte par le département.

Nous avons cherché à apprécier quel accroissement pouvaient avoir reçu les entreprises de transports sur le littoral par l'exécution du chemin de fer du Nord. Ce travail est très-difficile; voici cependant quelques données assez certaines : en 1844, M. le comte Dubois, alors auditeur au Conseil d'État, fut chargé par le gouvernement de recueillir des documents statistiques sur les transports du littoral; il trouva, d'Amiens à Boulogne, 13,597 voyageurs rapportés au parcours total.

En 1857, le nombre des voyageurs qui ont pris le chemin de fer sur la ligne d'Amiens à Boulogne a été de 215,508, sans y comprendre les voyageurs en transit ni ceux qui, parmi les 51,000 voyageurs d'Amiens, se sont dirigés vers Boulogne. Le parcours moyen sur le chemin de fer du Nord étant du tiers du trajet d'Amiens à Boulogne, le nombre des voyageurs montés d'Amiens exclusivement à Boulogne a été de 72,000 rapportés au parcours total. On peut donc affirmer que le parcours local, a plus que quintuplé sur cette ligne par la création du chemin de fer.

De Lille à Calais et Dunkerque, M. Dubois trouva 59,244 voyageurs rapportés au parcours total.

Le nombre des voyageurs qui, en 1857, ont pris le chemin de fer sur ces lignes a été de 512,342 qui, rapportés au parcours total, donnent 155,255, et dans ce nombre ne sont pas compris les voyageurs en transit ni ceux des 60,000 voyageurs de Lille qui étaient à destination du littoral.

4

Les deux chemins de fer dont nous venons de parler sont les plus voisins du chemin en projet et ceux qui ont avec celui-ci le plus d'analogie par leur situation. Il est à présumer que ce dernier donnera lieu à un progrès au moins équivalent pour les raisons ci-après :

Ce chemin parcourt un pays accidenté, privé de canaux et où les routes, assez mal tracées, ne sont pas pavées ; les chemins de fer d'Amiens et de Lille au littoral, traversant des pays plats, y ont trouvé le progrès opéré par des voies navigables presque sans écluses, fréquentées par des coches d'eau d'un prix fabuleusement bas ; ou des routes pavées, desservies en partie par des omnibus marchant à moins de $0^f,05$ par kilom. et par voyageur.

Un autre aliment de progrès que nous avons signalé, ce sont les houillères qui s'étendent à l'est et à l'ouest de Béthune, depuis Douai et au delà jusques près d'Aire. Ces houillères sont d'une découverte récente ; voici avec quelle célérité elles se développent :

ANNÉES.	NOMBRE DE PUITS			PRODUIT en hectolitres.
	en construction.	en exploitation.	Total.	
1849	1	»	1	»
1850	1	»	1	»
1851	4	»	4	»
1852	4	1	5	100,000^h
1853	5	2	7	700,000
1854	6	4	10	1,100,000
1855	5	5	10	1,600,000
1856	5	9	14	2,800,000
1857	9	9	18	4,200,000
1858	13	12	25	5,000,000

Les premiers chiffres font pressentir que les puits sont d'une construction lente. Il s'écoule, en effet, de 3 à 4 ans entre le premier coup de bêche et la mise en exploitation, et celle-ci met plusieurs années à se développer. Cela tient à la nature du bassin qui, quoique très-riche, est d'un accès fort difficile.

Aussi chaque puits est-il, avec ses accessoires, un grand établissement coûtant de 800,000 à 1,600,000ᶠ, et construit pour donner journellement 300 tonnes de houille.

Le chemin de fer en projet sera sans concurrence possible pour le transport du combustible et sa diffusion dans les vallées industrieuses de la Scarpe, de la Ternoise, de la Canche et de l'Authie, et, d'autre part, il les mettra directement en communication immédiate avec le réseau du Nord qui les enveloppe de toute part.

Ces considérations ont pour objet de faire ressortir les ressources d'avenir que présente le travail dont il s'agit et de donner à penser que c'est moins encore sur la fréquentation actuelle de routes imparfaites. que sur la création d'une fréquentation nouvelle qu'il faut compter.

Voyons donc, comme nou l'avons déjà fait dans un précédent rapport, quelle fréquentation il faudra pour assurer à l'entreprise un revenu suffisant.

Nous avons vu que la longueur totale du chemin et de ses embranchements est de. 165,615ᵐ 38
et la dépense de. . . . . 4,800,000ᶠ »
déduction faite du million fourni par le département; le prix du kilomètre revient ainsi à 29,000ᶠ, ce qui, à 10 p. 0/0, exige un revenu de 2,900ᶠ par an ou un peu moins de 8ᶠ par jour.

L'entretien d'un kilomètre de route en cailloutis est, dans le Pas-de-Calais, de 600ᶠ par an. Doublons ce chiffre pour l'entretien du chemin de fer, nous aurons 1,209ᶠ, ou, par jour, 3ᶠ,287; soit en tout, pour entretien et intérêt, 11ᶠ,287 par jour.

Nous ferons une large part à l'exploitation en lui donnant, pour la rétribuer, 60 p. 0/0 de la recette; il faut donc par jour et par kilomètre une recette de 28ᶠ,22; elle représente un mouvement de 352 tonnes à 0ᶠ,08, soit 44 colliers chargés.

Mais toute marchandise ne sera pas de deuxième classe; il y aura des marchandises de première classe, des articles de messagerie et surtout des voyageurs. Or, trois voyageurs produiront autant que deux tonnes de marchandises.

§ 14. — Du tarif.

Les détails qui précèdent nous portent à conclure que le tarif proposé par M. Quaisain, dans son projet de cahier des charges, et que nous avons rappelé ci-dessus, serait fort convenable.

§ 15. — De la suite à donner au projet.

L'intention manifestée par l'Administration départementale est que la ligne d'Arras à Étaples soit concédée, soit avec, soit sans ses embranchements. Il est probable qu'après un mur examen, les personnes qui seraient disposées à faire l'entreprise reconnaitront que pour vivifier la ligne principale, il faut construire ses embranchements, à l'exception, peut-être, de l'un des deux embranchements de Montreuil au littoral.

Ces lignes empruntent des routes impériales et nécessitent des expropriations; elles exigeront des décrets d'utilité publique. Il serait bien à désirer que, pour les rendre, on put échapper à quelques-unes des longues formalités que nécessitent les concessions de grandes lignes de chemins de fer. Quant aux formalités inévitables, il serait à désirer qu'elles fussent, autant que possible, remplies simultanément, car lorsqu'elles sont successives, elles absorbent encore beaucoup de temps, et les délais sont la ruine des compagnies.

Le soussigné estime en conséquence qu'il y a lieu de soumettre, dans le plus bref délai, le présent travail à l'Administration supérieure.

TROISIÈME PARTIE

———·✼·———

DOCUMENTS DIVERS

———·✼·———

On ajoute ici des extraits de pièces officielles publiées à diverses époques, et des pièces inédites sur les communications économiques à créer dans la vallée de la Canche ; on les livre sans altérations ni commentaires aux personnes qu'ils peuvent intéresser. On a supprimé, dans les pièces citées tout ce qui est trop étranger au sujet de ce Mémoire.

EXTRAIT d'un Rapport sur le **Projet de Canal d'Arras à Boulogne,** par **M**ᵉ **Billet**, avocat à Arras.

13 Aout 1835.

. . . .

Les canaux ont donc sur les routes une supériorité bien marquée.

Eux seuls peuvent facilement lier les extrémités d'une contrée au centre et répandre la vie et la richesse sur d'immenses surfaces.

C'est un canal qui manque à cette vaste portion de notre département qui s'étend depuis Arras jusqu'à la mer. — C'est la réalisation de ce canal depuis longtemps projeté que nous demandons à la sollicitude d'une bonne administration départementale.

Hâtons-nous de dire qu'indépendamment des considérations générales que nous venons de faire valoir, le canal d'Arras à la mer présenterait pour le département un avantage tout particulier, celui de lier son chef-lieu, Arras, le centre du Pas-de-Calais, avec la mer, et d'assurer à une ville de notre département, Boulogne, dont l'importance s'accroît tous les jours, une communication avec l'intérieur qui lui ouvrirait, comme à Arras, un magnifique avenir commercial.

L'idée première d'un canal d'Arras à la mer appartient à un homme dont le nom seul est une garantie, et qui consacrait son génie non pas seulement à environner son pays de formidables boulevards, mais encore à rechercher toutes les sources de prospérité qu'il renfermait.

C'est Vauban qui étudia le projet de la canalisation de la Canche, et les États d'Artois, aidés de quelques sommes que Louis XIV leur accorda, donnèrent un commencement d'exécution à ce projet en nettoyant l'embouchure de cette rivière depuis Étaples jusqu'à Montreuil.

Montreuil reçut alors sous ses murs des vaisseaux d'un tonnage assez élevé, et on voit encore aujourd'hui les radiers de quelques-unes des écluses qui ont été construites sous Vauban, pour rendre la Canche navigable depuis Montreuil jusqu'à Hesdin. La première était placée à l'entrée du marais du Bouquy, une autre à Brimeux, une troisième à Beaurainville, et enfin une quatrième à Marconnelle, près Hesdin.

Vers le milieu du dernier siècle, en 1765, un mémoire fut présenté aux États d'Artois par M. Linguet, avocat célèbre, qui s'occupait aussi d'économie publique, et qui signala la canalisation de la Canche comme un moyen assuré d'augmenter la prospérité de l'Artois.

. . . .

Après le grand mouvement révolutionnaire, en l'an 5, le gouvernement, dont l'attention avait été appelée sur ce point par l'administration municipale de Montreuil, ordonna que le projet d'un canal d'Arras à Étaples par la vallée de la Canche, de la Ternoise et de la Scarpe, fût étudié.

En 1797, M. de Granclas, ingénieur en chef des ponts et chaussées du département du Pas-de-Calais, examina la demande de la municipalité de Montreuil, et, en émettant l'opinion que la jonction de la Ternoise avec la Scarpe présenterait de graves obstacles, il déclara qu'il fallait s'attacher à la direction par le Gy et la Canche en passant par Avesne-le-Comte et Frévent.

En 1798, un citoyen connu par la multiplicité de ses entreprises,

M. Leflon, d'Hesdin, soumit à l'Administration du département un projet dont le but principal était de *canaliser la Canche depuis Étaples jusqu'à Hesdin.*

La demande de M. Leflon, à laquelle s'associa la municipalité d'Hesdin, fut encore communiquée à M. l'Ingénieur en chef de Granclas, qui proposa au gouvernement :

1° D'accorder un crédit de 6,000 fr. pour qu'on pût se livrer à des opérations préliminaires, comme levée de plan, sondages, nivellement, etc., etc.

2° Que ce crédit obtenu, des ordres fussent donnés à MM. les Ingénieurs pour examiner le terrain et faire des rapports détaillés au gouvernement.

En 1799, le conseil municipal de Saint-Pol, voulant démontrer la possibilité d'établir le *canal d'Arras à la mer* par Saint-Pol, en opérant *la jonction des sources de la Scarpe à celle de la Ternoise,* en fit dresser le plan par M. le géomètre Branquart.

. . . .

En 1805, M. Rossignol, ancien officier de la marine, commandant *le Vigilant,* présenta à M. le Préfet du Pas-de-Calais, par l'entremise de M. Eudes, un projet de navigation d'Arras à Étaples par la Canche, en opérant la jonction des sources de cette rivière avec celles du Gy.

. . . .

L'avant-dernier projet proposé pour établir un canal d'Arras à la mer émane de M. Legressier, qui, en 1807, époque à laquelle il le présenta au gouvernement, habitait Montreuil.

M. Legressier, adoptant le tracé de M. Rossignol, divisait ce canal en quatre parties : la première, depuis l'embouchure de la Canche jusqu'à Montreuil; la deuxième, de Montreuil à Hesdin; la troisième, d'Hesdin jusqu'à Frévent; la quatrième, de Frévent à Arras.

Le but de M. Legressier, en présentant son projet au gouvernement, était d'en obtenir une concession.

Déjà même de nombreux actionnaires s'étaient réunis, parmi lesquels figuraient les hommes les plus honorables de l'arrondissement de Montreuil. Les sociétaires avaient obtenu la coopération des généraux Marmont et Mortier, qui s'étaient rangés parmi les souscripteurs. Ces actionnaires souscripteurs avaient reçu les encouragements de tous les hommes éclairés de notre département, notamment de M. Courtalon, Ingénieur des ponts et chaussées, et de M. Noizet de Saint-Pol, alors colonel du génie, et qui aujourd'hui, malgré son grand âge, s'occupe encore d'économie publique dans sa retraite de Barly.

Arrivons au projet de M. Martin.

En 1821, cet ingénieur, dont les lumières égalaient le zèle pour le bien public, était intimement convaincu qu'on ne pouvait doter le département du Pas-de-Calais d'un ouvrage d'art plus utile que le *canal intérieur d'Arras à la mer*.

Il donna tous ses soins à l'étude de cette voie de communication par eau en la dirigeant par Saint-Pol ou par Avesne-le-Comte, double direction qui lui était indiquée par la nature des lieux.

. . . .

M. Martin estima que la dépense du canal s'élèverait à 5,000,000 fr.

Pour évaluer le revenu du travail projeté, M. Martin observa d'abord qu'il arrivait annuellement à Arras environ 600 bateaux de 70 tonneaux chacun; regardant ensuite Arras comme point de départ, et Avesne-le-Comte, Frévent, Hesdin, Montreuil et Étaples comme constituant autant de dépôts où viendraient s'approvisionner les villages environnants, il leur attribue le mouvement annuel ci-après :

Pour Avesne-le-Comte......................... 50 bateaux.
Frévent .... 100 id.
Hesdin.................................... 150 id.
Montreuil................................. 160 id.
Étaples .... 60 id.
                               Total......... 520 bateaux.

M. Martin estime, d'ailleurs, qu'entre Arras et Étaples, le commerce extérieur d'importation et d'exportation aura une importance égale à celle du commerce intérieur.

. . . .

Quoiqu'il en soit, il paraîtra probable que les prévisions de M. Martin, en ce qui concerne les frais de construction, peuvent être dépassées; à cet égard on peut invoquer l'avis d'un des hommes les plus expérimentés que possède le corps des ponts et chaussées, nous voulons parler de M. Gayant, auquel on doit les travaux du canal de Saint-Quentin, qui, consulté sur la possibilité d'exécuter le canal d'Arras à Étaples par le Gy, la Scarpe et la Canche, évaluait la dépense à 8 millions.

On a pu se convaincre, par l'analyse à laquelle nous venons de nous livrer de tous les projets relatifs à l'établissement d'un canal d'Arras à la mer, et notamment de l'étude qui en a été faite par M. Martin, de l'importance qu'on attache depuis un grand nombre d'années dans notre département à voir établir cette communication.

Mais depuis peu, l'idée de M. Martin et de tous ceux qui se sont occupés de cette grave question a été agrandie, et la ville de Boulogne, en réclamant la continuation de ce canal depuis Étaples jusqu'à son port, a ouvert une perspective nouvelle à cette grande entreprise.

Par là, non seulement le canal aurait l'avantage de vivifier par le commerce le pays qu'il traverserait, mais il aiderait encore une ville, dont les développements sont chaque jour progressifs, à atteindre à une prospérité dont on ne saurait assigner les limites.

EXTRAIT du Registre aux délibérations du Conseil municipal de la ville de Saint-Pol.

SÉANCES DES 8 ET 10 AVRIL 1850.

. . . .

Les directions qui ont été données aux chemins de fer du Nord et de Boulogne à Amiens sont extrêmement funestes au département du Pas-de-Calais en général. Placés à ses extrémités, ils forment comme la circonférence de ce département. L'intérieur est délaissé entièrement ou à peu de chose près, et sa vie s'épuise rapidement dans cette espèce de machine pneumatique où il est renfermé. Les messageries, les diligences, le gros roulage, ont cessé d'animer et de vivifier ses routes de terre. L'industrie multipliait sur tous les points des usines de tous genres; elle les restreint et les ferme à cause de l'infériorité relative et du désavantage de sa condition nouvelle par rapport au transport du combustible, des matières premières et des marchandises. L'intérieur, en effet, n'a pas de canaux ; c'est seulement à la partie septentrionale qu'il est donné de cumuler tous les avantages qui s'obtiennent de la triple possession des chemins de fer, des routes pavées et empierrées, et des voies fluviales. Quant à cette portion du pays qui s'étend d'Arras à Boulogne, sur une largeur de plus de 70 kilomètres et une longueur de plus de 120 kilomètres, rien, pas même un canal !

Réclamée, étudiée depuis un grand nombre d'années, la canalisation de la Liane, de la Canche ou de la Ternoise, avec le Gy et la Scarpe, est un projet qui se fera attendre longtemps encore.

Ce pays cependant élève les meilleurs chevaux du monde pour le trait et même pour les voitures publiques ; ses graines o'éagineuses, ses blés peuvent rivaliser avec les productions analogues des contrées les plus renommées. Il renferme des carrières de pierres, de marbre, des mines de fer, de charbon de terre ; il contient des bois et des futaies magnifiques qui vieillissent et dépérissent sur pied, faute de débouchés. Il produit sur son sol, et façonne dans ses manufactures, la betterave, le lin, le chanvre, la laine. Dans les arrondissements de Saint-Pol et de Montreuil, il se livre avec succès, et sur une grande échelle, à la culture du tabac qui est fourni à l'Etat dans le magasin de Saint-Pol ; il compte de grands établissements de fabrication pour le coton, pour le papier, les huiles, le savon, des fonderies de fer et de cuivre. Mais il aura beau s'ingénier et s'efforcer, il faut bien que, subissant sans cesse des sacrifices sans compensation, il succombe enfin dans son isolement.

EXTRAIT du Registre aux Délibérations du Conseil municipal de la ville d'Hesdin.

SÉANCE DU 21 DÉCEMBRE 1853.

. . . .

Quand on considère les pays que traversent certaines branches des grandes artères des chemins de fer, les villes qu'elles desservent, le peu de fertilité des contrées qui y touchent, quand on pense néanmoins que certaines de ces lignes, comme celles du centre, par exemple, ont rapporté des produits regardés comme suffisants, on ne doit plus s'étonner que certains bons esprits aient cru à la possibilité d'une ligne de fer d'Arras à Étaples, reliant Boulogne à Arras et au nord de la France, et traversant dans toute sa longueur le département, le quatrième de la France en population et en richesse. L'idée de ce chemin n'était, comme on l'a déjà dit, que la conséquence d'un projet de canalisation dont les hommes les plus compétents se sont occupés depuis si longtemps. En effet, ce chemin de fer ne traverserait-il pas deux arrondissements riches sous tous les rapports, ayant de nombreuses usines, six villes toutes assez commerçantes, des tourbières, des houillères, et produisant des céréales et légumes en très-grande quantité, beaucoup de chevaux et des bestiaux de toute espèce. Il ne faut pas se le dissimuler, si ce chemin de fer peut avoir des avantages stratégiques, s'il cessera de rendre nos côtes, et surtout les ports de Boulogne et d'Étaples, tributaires des charbons anglais, il n'aurait pas néanmoins grande chance si l'exploitation n'offrait point des avantages aux concessionnaires ; mais nous pensons qu'il serait au contraire dans des conditions telles que le transport des seules marchandises suffirait pour assurer un revenu convenable aux concessionnaires ; c'est ce que nous allons essayer de démontrer, car il ne faut pas se le dissimuler, là est toute la question.

Il existe d'Arras à la mer 10 grandes usines : celles de Cercamp, Rollepot, Boubers, Blingel, Auchy-lez-Hesdin, Grigny, Maresquel, Beaurain-Château, Marenla et Montreuil. Des renseignements pris par nous auprès des chefs de quelques-unes de ces usines nous permettent d'affirmer que chacune d'elles a des transports de plus de 4,000,000 de kilogrammes par an. Le chemin de fer serait donc assuré de ce chef de plus de 40,000,000 de kilogrammes par an. Ces calculs sont portés au plus bas. Un seul de ces usiniers (M. Laligant) nous écrit qu'il paye pour 146,500 fr. de transports par an. Il existe de plus, entre Arras et la mer, plus de 65 usines de moindre importance, moulins à eau et sucreries ; c'est porter au plus bas les transports de chacun de ces établissements que de les évaluer à 320,000 kilogrammes par an, ce qui ferait encore 20,000,000 de kilogrammes pour le chemin de fer.

Le roulage exercé par cinq personnes de la ville d'Hesdin transporte à petite vitesse 3,000,000 de kilogrammes de marchandises entrant ou sortant de la ville, nous nous en sommes assuré sur les registres mêmes des messagers. Les diligences transportent à grande vitesse près de 1,000,000 de kilogrammes de marchandises de la ville par an; c'est donc un transport de 4,000,000 de kilogrammes pour le seul commerce d'Hesdin. Or, sans compter les bourgs, les arrondissements de Montreuil et de Saint-Pol ont six villes d'une importance à peu près égale à celle d'Hesdin, ce sont : Saint-Pol, Auxi-le-Château, Frévent, Fruges, Hesdin et Montreuil; il en est où on fait plus de commerce qu'à Hesdin; mais en prenant cette ville comme terme moyen, on arrive à reconnaître que les transports du commerce de ces six villes donneraient au chemin de fer 24,000,000 de kilogrammes par an.

Voilà donc déjà 83,000,000 de kilogrammes ou 83,000 tonnes par an. Il reste : 1° les produits agricoles des douze cantons des deux arrondissements, où on récolte plus de 3,000,000 d'hectolitres de céréales par an, dans lesquelles le canton d'Hesdin entre seul pour plus de 300,000, plus 1,500,000 hectolitres de légumes divers, une quantité proportionnée de paille et de fourrages, où on élève de nombreux chevaux et bestiaux, dans lesquels il se fait déjà un commerce considérable d'exportation pour l'Angleterre en beurre, volailles, œufs et fruits; 2° les houillères des environs de Béthune; 3° les nombreuses quantités de matières tourbeuses extraites dans les vallées de la Canche et de la Ternoise; 4° les produits des bois et surtout ceux de la belle forêt d'Hesdin. Veut-on que toutes ces causes diverses ne produisent pas au chemin de fer un transport égal à celui que nous avons signalé tout à l'heure pour l'industrie? Pour peu qu'on y réfléchisse, on reconnaîtra qu'il peut être supérieur, car les produits agricoles et ceux des bois et des mines sont les principaux de notre pays, qui, nous le répétons, en exporte de grandes quantités; mais pour calculer à coup sûr, supposons que ces produits donnent un tiers en moins de transport que le commerce, on sera encore forcé d'avouer que le chiffre s'en élevera à plus de 56,000,000 de kilogrammes.

Nous venons de démontrer que sans compter les transports partant d'Arras pour Boulogne et réciproquement, le chemin de fer en question trouverait dans les seules ressources des arrondissements de Montreuil et de Saint-Pol une locomotion de 140,000,000 de kilogrammes de marchandises, ou 140,000 tonnes par an. Ces transports paraissent devoir donner à eux seuls l'intérêt à plus de 6 p. o/° d'un capital de 22,000,000 f. qui est suffisant pour établir environ 90 kilomètres de chemin de fer, dont plus des deux tiers en vallée et ne devant occasionner aucun travail d'art essentiel. Resteraient en sus les voyageurs et les transports directs de marchandises d'Arras à Boulogne, et réciproquement.

Nous croyons avoir suffisamment prouvé par ce qui précède qu'un chemin d'Arras à Étaples, par Hesdin et Montreuil, offrirait des chances de succès à la Compagnie qui l'entreprendrait, et ce point une fois bien démontré, il est certain que les souscriptions ne manqueraient pas dans nos environs. Il ne nous paraît pas que ce projet soit contraire aux intérêts généraux de la ville d'Hesdin et de son canton. A part le déplacement indispensable de quelques industries, il ne peut qu'être avantageux au plus grand nombre. De plus, en favorisant l'agriculteur dont les relations sont si nombreuses avec notre petite ville, il doit encore être utile à tous ceux qui ont des relations avec l'agriculture; enfin, il est de nature à faciliter l'agrandissement de la ville et les constructions entre la gare et son centre, ne fût-ce que pour recevoir les dépôts de marchandises et produits agricoles qui arriveraient à la gare d'Hesdin de tous nos environs.

EXTRAIT d'un Rapport présenté au Conseil municipal de la ville de Frévent, par la Commission nommée pour examiner le Projet d'un Chemin de Fer départemental.

4 Juillet 1854.

. . . .

Il est bon que l'on sache que les importantes fabriques de Cercamp, de Boubers, de Rollepot et de Bonnières fourniraient annuellement, à elles seules, au chemin de fer qui passerait par Frévent, un total d'environ *quinze millions de kilogrammes* de marchandises à transporter, auxquels viendraient s'ajouter les bois des forêts de Lucheux et d'Auxi-le-Château, et une bonne partie des fabriques d'Aubrometz, de Ronval et de Saint-Sulpice, ainsi que toute la houille que consomment ces usines et les brasseries de Frévent, etc.

EXTRAIT d'un Rapport présenté à la **Chambre de Commerce de Boulogne-sur-Mer**, par **M. Adam**, Président de ladite **Chambre**, dans la séance du **16 Janvier 1854**, sur le **Chemin de Fer** départemental d'**Arras à Boulogne.**

. . . .

Mais, depuis 1850, un fait de la plus haute importance s'est produit dans le département, qui eût suffi seul, dans tous les cas, à beaucoup avancer l'heure de cette réalisation.

La découverte de la houille à l'Escarpelle, à l'ouest de Douai, a donné l'impulsion à toute une série de recherches dans cette direction. Ces recherches ont de proche en proche révélé l'existence d'un vaste bassin houiller, partant de Douai et se continuant sur une largeur de 8 kilomètres et une longueur déjà constatée de plus de 60 kilomètres, par Dourges, près Hénin-Liétard, Courrières un peu au dessus de Dourges, Lens, Grenay et Bully sur la route de Béthune, Nœux, Labuissières, Bruay plus près de cette ville, Ferfay voisin de Lillers en se rapprochant de la Ternoise. Plusieurs décrets successifs, en date des 15 août 1852 et 15 janvier 1853, ont, sur ce parcours, accordé déjà quatre concessions. Plusieurs autres compagnies poursuivent avec activité leurs recherches ; et tout fait présumer que sous cette action, d'ailleurs très-sagement dirigée par les conseils et les indications de M. l'Ingénieur des mines du département, le Pas-de-Calais n'aura de quelques années plus rien à envier au Nord de ses richesses en combustibles.

C'est là un fait capital ; et l'on devait s'attendre à ce que le moment même qui constaterait définitivement la richesse de ce bassin houiller donnerait le signal d'études, de conceptions, d'espérances et de discussions nouvelles sur ce sujet toujours vivant d'un chemin de fer départemental.

Arras cette fois a pris les devants ; et profitant de la grande faveur qui s'attache à tout ce qui, bien ou mal, semble devoir favoriser l'essor de cette nouvelle exploitation houillère, il propose un chemin qui, partant d'Arras même, irait par Lens, Béthune, Lillers et Aire, rejoindre à Saint-Omer la voie de Calais. . . . .

. . . .

S'il y a une démonstration facile à faire, car à la seule inspection de la carte, elle éclate aux yeux, n'est-ce pas, en effet, que le vrai port d'Arras, c'est Boulogne !

Qu'Arras se considère en lui-même comme centralisateur de tous les produits propres à son rayon, les grains, les sucres, les graines oléagineuses, les huiles ; qu'il s'étudie comme entrepôt, soit des charbons que la Scarpe lui amène, soit des épiceries, drogueries, produits chimiques, fils, cotons filés, tissus qu'il emprunte à Lille et Roubaix ; sous ces deux aspects de son activité commerciale, il trouvera toujours que ses débouchés les plus sûrs sont à l'ouest, à sa gauche, vers Saint-Pol, Hesdin, Montreuil, Étaples, Boulogne. C'est là son domaine naturel ; c'est de ce côté qu'il occupe le sommet d'un triangle qui est bien à lui et auquel il a intérêt à se rattacher par les liens les plus intimes.

Quelle combinaison plus heureuse imaginer pour conquérir ce résultat que de conduire un chemin de fer d'Arras à Boulogne par les belles vallées de la Ternoise et de la Canche, puis de se saisir par Lillers, Béthune et Lens, de tout le centre du département, au moyen d'une section de ce même chemin qui, partant d'Anvin, si bien situé, comme je l'ai fait remarquer tout à l'heure, au point culminant de la Ternoise vers le nord, irait toucher à chacune de ces localités ?

Substituer à cela une ligne droite sur Lens pour se diriger par Béthune sur Calais, qu'est-ce autre chose pour Arras que travailler contre ses propres intérêts et jeter la proie pour retenir son ombre ?.........

. . . . , ...

S'il est, en effet, un plan qui ait pour lui la consécration du temps, de hautes origines, les sympathies les plus étroites du plus grand nombre d'esprits supérieurs, n'est-ce pas la jonction d'Arras à Boulogne par les vallées de la Ternoise, de la Canche et de la Liane ? Il se rattache par une filiation non interrompue aux projets conçus par Vauban de canaliser ces rivières et de les joindre à la Scarpe par le Gy. Tout le monde sait que ces plans de canalisation, poursuivis depuis 1672 par beaucoup d'ingénieurs, d'administrateurs et d'écrivains distingués, n'ont été abandonnés de nos jours qu'en raison de la supériorité incontestée d'un chemin de fer sur un canal, partout où de grandes abondances d'eau et des voies presque naturellement navigables n'ont pas fait la majeure partie des frais et garanti le service continu de la batellerie.

Mais canal ou chemin de fer, l'objet à remplir est toujours le même ; c'est de créer des débouchés commerciaux à toutes les richesses que renferme dans sa partie centrale l'un des premiers départements de la France. Les plans conçus par le génie ne vieillissent pas ; celui de Vauban est vivant aujourd'hui autant qu'à sa naissance ; la seule différence, c'est qu'il répond à des besoins mille fois plus actifs que ceux du dix-septième siècle. Ce n'est qu'une raison de plus de l'exécuter dans la nouvelle forme que lui assignent les progrès des temps !

Est-ce que ces projets se sont jamais laissés atteindre par la prescription ?

Est-ce qu'à toutes les époques, même les plus désastreuses, on ne les a pas vus se reproduire avec une persistance qui n'était que l'indice de leur utilité ?

Est-ce que depuis qu'il est en France question des chemins de fer, un grand nombre de délibérations du Conseil général, de Conseils d'arrondissement et de Conseils municipaux, et plusieurs écrits remarquables, ne sont pas venus rendre témoignage de la vitalité de cette idée ?

L'heure de sa réalisation, subordonnée néanmoins à l'état politique de l'Europe, semblait désormais prochaine. Ne serait-il pas déplorablement fatal que des rivalités sans excuses aient la puissance de l'ajourner encore, au moment même où la découverte du nouveau bassin houiller appelle, comme je vais le démontrer, sa création !

J'ai dit plus haut que le tracé d'Arras devait être étudié dans ses rapports directs avec le bassin houiller du Pas-de-Calais.

L'on a déjà vu qu'à partir de la naissance de ce bassin, et sur une longueur d'environ vingt kilomètres, il n'en tenait aucun compte.

L'on a vu également qu'au point où il se rapprochait de son extrémité vers Lillers, il s'en détournait brusquement au lieu d'achever de le suivre, comme pour mieux mettre en relief sa pensée d'antagonisme contre Boulogne.

Ce tracé n'eût-il à subir par rapport au bassin houiller que ces deux reproches, qu'ils suffiraient à faire apprécier à quel point il compromet l'intérêt que cependant il affecte de vouloir protéger.

Mais dans ce qu'il veut bien concéder à ce bassin, quels sont donc les services qu'il lui rend?

Est-ce que Béthune fera remonter par chemin de fer ses houilles vers Arras pour y alimenter la consommation locale en concurence avec celles que lui apporte à si bas prix le canal de la Scarpe? — Est-ce que la lutte leur sera possible sur ce marché? — Et puis, arrivées là, où iront-elles? — Sera-ce à l'est vers Douai ou Valenciennes, c'est-à-dire vers les lieux mêmes de production de houille?—Sera-ce à l'ouest vers Saint-Pol et Hesdin, privées de chemins de fer par la combinaison même d'Arras?

Et maintenant, pour le nord, est-ce que Béthune a quelque profit à tirer pour ses houilles d'un tracé se continuant sur Saint-Omer; n'a-t-il pas de ce côté des canaux qui lui suffisent? C'est donc vers l'ouest, c'est-à-dire vers Lillers, Anvin, Saint-Pol, Hesdin, Montreuil, Boulogne que Béthune doit, comme Arras, tourner ses regards; car c'est de ce côté seul que la prospérité de son bassin houiller lui viendra..............

. . . .

Le tracé qui me semble de beaucoup préférable à toutes ces combinaisons plus ou moins artificielles repose sur des principes fort simples....

. . . . , ...

Quels sont les deux grands intérêts que nous avons vus dominer la situation présente?

Le premier, dans l'ordre administratif et politique, est la jonction d'Arras à Boulogne;

Le second, dans l'ordre industriel, est l'exploitation du bassin houiller dans le Pas-de-Calais, *dans toute son étendue.*

Que faut-il faire pour les satisfaire tous les deux?

C'est — créer tout d'abord la ligne d'Arras à Boulogne par Aubigny, Saint-Pol, Anvin, Hesdin, Montreuil, Étaples; — puis reprendre à ses derniers affleurements vers Anvin le bassin houiller et le suivre, *sans en rien omettre,* par Lillers, Béthune, Lens, Hénin-Liétard jusqu'à sa naissance à Douai.

Au point de vue administratif et politique, par la jonction d'Arras à Boulogne et à tous ces centres importants auxquels il touche dans ses intelligentes sinuosités, quand déjà Saint-Omer et Calais sont à deux heures du chef-lieu, ce tracé met le département tout entier sous la main du Préfet.

Il réunit tous les tribunaux du département à leur chef-lieu judiciaire qui est Douai, et assure à la Cour l'action la plus directe sur des portions considérables et cependant les plus éloignées de son ressort.

Il rapproche toutes les garnisons, tous les arsenaux de leur chef-lieu militaire, qui est Lille.

Il ensère donc les parties aujourd'hui disjointes de nos contrées dans la plus forte unité que l'on puisse concevoir.

Au point de vue industriel et commercial, il donne son port à Arras, comme Lille, dans Calais et Dunkerque, possède les siens; — il porte la fécondité au centre du département; il rend la vie aux vallées de la Ternoise et de la Canche; il arrache à l'isolement qui les désespère et les ruine toutes ces villes si dignes d'intérêt, dont la plupart ont un passé historique, ont connu des temps prospères et sont les chefs-lieux de contrées d'une grande richesse agricole et industrielle.

Dans l'arrondissement de Boulogne, les poissons, les chevaux, les marbres, les pierres de taille et autres, les chaux, les minerais, les fontes de fers, les fils et autres produits manufacturés : les chanvres, les lins, les bois, les sels, les cotons même que notre port reçoit déjà ou ne manquera pas de recevoir.

Dans celui de Montreuil, les abondantes pêcheries de Berk, Cuck, Merlimont, Étaples; les raffineries de cette dernière ville où la purification du sel constituait jadis une grande industrie qui ne demande qu'à renaître; — les laines en tête desquelles se placent les produits de la bergerie impériale de Montcavrel, les bestiaux gras, les grains, le chanvre, le tabac; — les moulins et scieries d'Attin et de Montreuil; — la filature de Beaurain-Château; les papeteries de Maresquel et de Marenla; — les tanneries, les farines et toute la fabrique spéciale de bas d'Hesdin.

Dans celui de Saint-Pol, les filatures de lin, de coton et de laine d'Auchy-lez-Hesdin, Grigny, Boubers, Cercamp; — les produits agricoles si multipliés.

Les grains, les sucres et les huiles d'Arras; — les sucres et les houilles de Lillers, Béthune et Lens.

Voilà ses transports; et, à l'évidence, même sans tenir compte de l'immense développement d'affaires que toute création de chemin de fe engendre et de tout l'inconnu que par conséquent elle renferme, on peut affirmer qu'une ligne ainsi établie se classera vite au nombre de celles qui déterminent le plus grand mouvement de personnes et de choses.

A part le bassin houiller, elle aurait eu, dans toutes les hypothèses, une très-grande supériorité sur le chemin d'Arras ou d'Aubigny à Béthune et Saint-Omer, ou de Fampoux à Hazebrouck, comme on voudra l'appeler; car elle aurait toujours eu en sa faveur un plus long parcours dans le département, un plus grand nombre de localités desservies.

Mais dès qu'il est démontré que les causes déterminantes de la création d'un nouveau chemin de fer dans nos contrées doivent être, au même degré que l'intérêt administratif et commercial de la jonction d'Arras à Boulogne, 1° l'exploitation dans toute sa longueur du bassin houiller de Douai à Anvin par Béthune et Lillers; 2° sa mise en rapport avec les lieux de consommation; 3° l'ouverture de voies de circulation pour toute la partie de notre département qui en manque, la préférence à lui donner se déduit d'elle-même et ne se peut plus discuter.

N'est-il pas certain que cette ligne place le bassin houiller dans les conditions les plus favorables où jamais exploitation de mines se soit trouvée; — qu'elle met les produits de ce bassin à la portée de toutes les usines créées et à créer, le long de la Ternoise, de Saint-Pol à Hesdin, et dans la riche vallée de la Canche, d'Hesdin à Étaples? — Qu'elle vient à Boulogne développer, à l'aide de ces mêmes houilles, l'industrie métallurgique, ajouter à la valeur des hauts fourneaux déjà existants, donner l'essor aux nouveaux et nombreux établissements dont nos riches et abondants minerais d'alluvion appellent la création, alimenter nos filatures de lin et nos fabriques de plumes.

N'est-il pas certain qu'à Boulogne, ces houilles trouveront un port bientôt doté d'un bassin à flot avec lequel les rails du chemin de fer seront en communication? Les wagons y verseront leur contenu dans les bâtiments mêmes qui iront les transporter sur le littoral de la Somme, de la Seine-Inférieure, du Calvados, etc., domaine naturel des charbons du Pas-de-Calais. Car le meilleur moyen de faire concurrence aux houilles anglaises, n'est pas, en effet, de les frapper de droits élevés, mais bien de faciliter l'arrivée des houilles françaises sur notre propre littoral.

Que faut-il de plus pour déterminer un choix?

Examiné enfin au point de vue des intérêts de la Compagnie du Nord, dont il faut bien que les créateurs de plans s'occupent un peu, ce tracé ne fait nulle part double emploi avec les canaux; — il ne fait point concurrence à des lignes qu'elle exploite déjà; — il lui procure des produits nouveaux sans réduire en aucune façon ceux dont elle est en possession; — il lui donne, sans aucun sacrifice, un second port qui vient s'ajouter à celui de Calais pour disputer à Ostende le passage de l'Angleterre en Belgique.

* * * * * * * * * * * * * * * *

ÉTAT du mouvement de la Halle à la marée fraîche de Paris pendant les années 1850, 1851, 1852 et 1853.

Nᵒˢ D'ORDRE.	NOMS des ports expéditeurs classés par quantités d'envois.	NOMBRE DE VOITURES ADRESSÉES EN				TOTAL des quatre années.	OBSERVATIONS.
		1850.	1851.	1852.	1855.		
1	Boulogne	4,120	4,631	5,222	4,044	18,017	Boulogne l'emporte sur tous les autres ports d'expédition dans une proportion très-élevée; il y a de plus à remarquer que les trois ports réunis de son littoral, Boulogne, Berck et Etaples donnent à eux seuls 32,710 voitures, contre 25,942 qui appartiennent aux 13 autres ports, c'est-à-dire les trois cinquièmes de la masse totale des produits.
2	Berck	1,869	2,291	2,292	2,097	8,549	
3	Etaples	991	1,376	1,829	1,948	6,144	
4	Calais..........	925	1,190	1,916	1,779	5,810	
5	Dieppe.........	1,669	1,267	1,377	1,427	5,740	
6	Dunkerque	1,095	1,532	1,759	1,290	5,676	
7	Gravelines......	403	512	759	860	2,534	
8	Anvers	495	695	424	541	2,155	
9	Tréport........	448	471	637	587	2,143	
10	Fécamp........	248	231	129	162	770	
11	Trouville.......	35	65	90	161	371	
12	Le Crasic	»	7	47	264	318	
13	Cayeux.........	148	39	47	42	296	
14	St-Valery-en-Caux	25	14	4	23	66	
15	Le Have	35	10	»	»	45	
16	Honfleur........	3	4	6	5	18	
	TOTAUX...	12,529	14,355	16,538	15,230	58,652	

EXTRAIT du relevé de la circulation opéré du **30 novembre 1856** au **5 novembre 1857** sur les routes du **Pas-de-Calais.**

NUMÉROS des routes			DÉSIGNATION des PARTIES DE ROUTES.	Nombre moyen des colliers observés.	Longueurs en kilomètres.	PRODUITS des deux colonnes précédentes.	Moyenne diurne de la circulation.
impériales.	département.	Numéros d'ordre des stations d'observation					
39		5	**LIGNE PRINCIPALE D'ARRAS A ÉTAPLES.** 1° ENTRE ARRAS ET HESDIN. Routes empruntées ou cotoyées par le chemin de fer en projet. 1re *Partie, entre Arras et St-Pol.* Entre la route impériale n° 25, à Arras, et la route départementale n° 11, à Duisans.....	810	6,990	5,661,900	
		4	Entre la route départementale n° 11, à Duisans, et la route impériale n° 16, à St-Pol........	525	25,916	13,605,900	
			TOTAUX et moyenne de la circulation diurne....................	....	32,906	19,267,800	585,50
39		3	2e *Partie, entre St-Pol et Hesdin.* Entre St-Pol et Hesdin........	225			225,00
	4	1	Entre St-Pol et Anvin..........	219	10,000	2,190,000	
	13	2	Entre Anvin et Rollecourt....	195	10,500	2,047,500	
		1	Entre Rollecourt et Hesdin...	172	7,000	1,204,000	
			TOTAUX et moyenne.	....	27,500	5,441,500	197,90
			Moyenne diurne de la circulation sur l'ensemble des deux routes............................	. ..			422,90

NUMÉROS des routes		Numéros d'ordre des stations d'observation.	DÉSIGNATION des PARTIES DE ROUTES.	Nombre moyen des colliers observés.	Longueurs en kilomètres.	PRODUITS des deux colonnes précédentes.	Moyenne diurne de la circulation.
impériales.	départemenl.						
			Routes parallèles au chemin de fer en projet.				
			1re Partie, entre Arras et Frévent.				
		1	Entre la route impériale n° 39, à Duisans et Habarcq.........	474	5,948	2,819,352	
11		2	Entre Habarcq et Avesne-le-Comte...................	271	6,728	1,823,288	
		3	Entre Avesne-le-Comte et Frévent...................	283	18,010	5,096,830	
			TOTAUX et moyenne de la circulation diurne...................	....	30,686	9,739,470	317,40
			2e Partie, entre Frévent et Hesdin.				
11		4	Entre Frévent et Ligny........	293	2,843	832,999	
17		2	Entre Ligny et Fillièvres......	203	7,434	1,509,102	
		1	Entre Fillièvres et Hesdin....	310	11,367	3,523,770	
			TOTAUX et moyenne de la circulation diurne...................	....	21,644	5,865,871	271,00

NUMÉROS des routes		Numéros d'ordre des stations d'observation	DÉSIGNATION des PARTIES DE ROUTE.	Nombre moyen des colliers observés.	Longueurs en kilomètres.	PRODUITS des deux colonnes précédentes.	Moyenne diurne de la circulation.
impériales.	département.						
39	2		**2° ENTRE HESDIN ET ÉTAPLES.** Routes empruntées.				
			Entre Hesdin et Beaurainville.	206	12,300	2,533,800	
	1		Entre Beaurainville et Montreuil............................	217	12,300	2,669,100	
1	1		Entre la route impériale n° 1er et Etaples.....................	144	9,550	1,375,000	
			TOTAUX et moyenne diurne de la circulation.................	....	34,150	6,577,900	192,60
16	2		**EMBRANCHEMENT DE SAINT-POL A FRÉVENT.** Route cotoyée. Entre Saint-Pol et Frévent...	311	12,728	3,958,408	311,00
43	4		**EMBRANCHEMENT DE BÉTHUNE A SAINT-POL.** Chemin et routes empruntés. Entre la route impériale n° 41, à Béthune, et la route impériale n° 16, à Lillers...........	619	13,139	8,133,041	
			Chemin de grande communication n° 7, de Choques à Pernes (pour mémoire).				
			A reporter............	....	13,139	8,133,041	

NUMÉROS des routes		Numéros d'ordre des stations d'observation	DÉSIGNATION des PARTIES DE ROUTE.	Nombre moyen des colliers observés.	Longueurs en kilomètres.	PRODUITS des deux colonnes précédentes.	Moyenne diurne de la circulation.
impériales.	département.						
			Report........ ...	....	13,139	8,133041	
16		4	Entre Pernes et la route impériale n° 41, à Brias.	379	10,075	3,818,425	
		3	Entre la route impériale n° 41, à Brias et Saint-Pol..........	462	3,450	1,594,824	
			Totaux et moyenne diurne de la circulation.....	....	26,664	13,546,290	508,00
			Routes parallèles et voisines.				
16		5	Entre Lillers et Pernes.......	309	10,324	3,190,116	309,00
44		2	Entre Béthune et le chemin d'Arras à Saint-Hilaire..........	746	12,306	9,180,276	
		1	Entre ce chemin et la route impérial n° 16, à Brias........ ..	318	12,881	4,096,158	
			Totaux et moyenne diurne de la circulation..........	....	25,187	13,276,434	527,10

Le présent mémoire, dressé par l'Ingénieur en chef des ponts et chaussées, soussigné.

Arras, le 11 avril 1859.

E.-N. DAVAINE.

www.ingramcontent.com/pod-product-compliance
Lightning Source LLC
Chambersburg PA
CBHW070823260626
47161CB00006B/2384